anna stern

das alles hier, jetzt.

roman

PENGUIN VERLAG

Sollte diese Publikation Links auf Webseiten Dritter enthalten,
so übernehmen wir für deren Inhalte keine Haftung,
da wir uns diese nicht zu eigen machen, sondern lediglich
auf deren Stand zum Zeitpunkt der Erstveröffentlichung verweisen.

Penguin Random House Verlagsgruppe FSC® N001967

1. Auflage 2022
Copyright © 2020 der Originalausgabe by Elster & Salis AG, Zürich
Copyright © 2022 by Penguin Verlag
in der Penguin Random House Verlagsgruppe GmbH,
Neumarkter Straße 28, 81673 München
Umschlaggestaltung: Sabine Kwauka
Umschlagabbildung: © Gunter Kremer / shutterstock
Gesamtherstellung: GGP Media GmbH, Pößneck
Printed in Germany
ISBN 978-3-328-10866-5
www.penguin-verlag.de

für anette

j'ai mis longtemps à découvrir [...] qu'il n'y
avait rien à corriger, seulement à prendre –
tout à prendre – et que tout ce qui avait été,
était et serait, se suffisait en soi.

claude simon

sie liefen noch immer, rannten, galoppierten,
denn man musste laufen, rennen, galoppieren,
man musste laufen, laufen, immer weiter laufen,
als könne das nie, wirklich niemals aufhören.

lászló krasznahorkai

februar bis juli

ananke stirbt an einem montag im winter, nachmittags zwischen sechzehn und siebzehn uhr.

wir schenken uns nichts. das einzige, was wir uns geben, sind unsere namen: ananke gibt mir den namen ichor.

der monat zeigt sich landesweit ausgesprochen trüb. in berg-
lagen gehört er zu den kältesten februarmonaten der letzten
dreißig jahre. nur selten fällt wenig schnee bis ins flachland.
auf das monatsende hin bringt kontinentale kaltluft aus nord-
osten eine kurze kältewelle.

um dieselbe zeit, anfänglich unerklärt, der wechsel vom ich zum du.

im gegensatz zu schnee, regen, nebel ist kälte in der regel unsichtbar.

dein aufenthalt in london neigt sich dem ende zu. es ist samstag, die erste aprilwoche ist eben vorbei, und du sitzt mit
einem glas milch im museumscafé und liest zeitung. in gedanken bist du immer noch in der ausstellung, *somewhere
in between,* die du nun schon zum dritten oder vierten mal
besucht hast, über synaesthesie, das leben unter wasser und
die bedeutung der genetik in der modernen tierhaltung nach-
sinnend: du liest nur unaufmerksam. trotzdem bleibst du
hängen, fahren deine augen immer wieder über den kleinen
kasten unten rechts, unter einer abbildung der kathedrale von
salisbury: *did you see anything out of the ordinary? it may be
that at the time nothing appeared out of place or untoward,
but with what you now know you remember something that
might be of significance. your memory of that afternoon and
your movements alone could help us with missing pieces of this
mystery. the weather was poor that day, so there were not as
many people out and about.* ganz automatisch fragst du dich,
was du an dem tag, auf den sich der zeugenaufruf bezieht,
getan hast, ein tag ende märz. zuerst ist da nichts, weiß ist es,
still ist es. dann, oh kacke, sagst du, sagst du laut und stehst
auf, oh verdammte affenkacke. du suchst nach deinem telefon, suchst die nummer für ananke, ananke im süden, ananke
hinter den bergen, legst dir die worte zurecht, tanti auguri,
wie konnte das bloß vergessen gehen, wie konntest du diesen
tag: *your memory of that afternoon.* doch noch bevor es zu
tuten beginnt, heißt es an deinem ohr: questo numero non
è valido, einmal, zweimal, du lässt die hand sinken, was für
eine verdammte affenkacke das, aber wirklich.

es ist bereits abend, bereits dunkel, als dich der anruf erreicht; als swann bittet, setz dich; als swann sagt, ananke ist tot. einen moment noch glaubst du, ein weiteres chronon lang besteht die möglichkeit. dann das klirren, dann die splitter, du kniest am boden und sammelst auf, was von früher übrig ist, swanns atem weiter in deinem ohr, scharf die kanten der scherben und das blut an deinen fingern rot. du fragst nichts: es gibt keine zulässigen antworten, nicht auf das wie, nicht auf das warum. du sagst, ich komme nach hause, eden und ich, wir kommen nach hause, jetzt.

jedes jahr der schwimmkurs, die jagd nach abzeichen (fisch, krebs, pinguin und eisbär), in der ersten woche der sommerferien. oft ist das wetter schlecht, kühl für die jahreszeit und nicht selten regnerisch; und selbst wenn es einmal nicht regnet, selbst wenn einmal die sonne scheint, liegen die wiesen am see so früh am morgen dennoch im schatten der großen bäume, und das gras ist feucht vom tau der nacht. ihr seid in diesen tagen allein im freibad, und das ganze hat stets einen hauch von abenteuer: swann packt am morgen nicht nur eure badesachen und handtücher in eure rucksäcke, sondern stets auch nektarinen und laugenbrötchen, eine kleine packung apfelsaft und, wenn ihr glück habt, eines dieser bleistiftlangen, vakuumierten würstchen, von denen dir die mit der grünen schrift besser schmecken als die mit der roten oder blauen, auch wenn avi sagt, dass sich die würstchen im geschmack nicht unterscheiden. und auch steckt swann euch immer heimlich ein geldstück zu, mit dem ihr euch pommes kauft oder ein eis oder mehr von dem sauren gummizeug, den lakritzschnecken und cola-fröschen, als ihr in einem tag essen könnt, und zum abschied gibt es ein weihwasserkreuz auf die stirn. doch das alles, die ganze freiheit, die ganze freude, die darin steckt, in der pause zwischen zwei schwimmlektionen vom sprungturm in den see zu springen oder schlotternd und mit klappernden zähnen in eine reife nektarine zu beißen, den zuckrigen saft aus den mundwinkeln und über das kinn rinnend, all das vermag nicht zu ändern, dass du diese woche insgeheim hasst, dass die furcht davor, den test am ende, wie im ersten jahr, nicht zu bestehen, dich daran hindert, die freiheit, die freude zu genießen.

15

du gehst in den winter hinaus, blind, in die nacht. die tränen gefrieren in deinen augenwinkeln, auf deinen tauben wangen. die kälte trifft dich gestalt-, geruch-, weiter auch geräuschlos: keine menschen, nirgends. nicht mehr.

als ananke und du das erste mal allein zusammen in die stadt dürft, kauft ihr euch pyjamas im partnerlook. anankes ist blau und deiner ist rot, und auf den langen hosenbeinen und ärmeln sind faustgroße sterne abgedruckt und monde, der umriss weiß gezeichnet, das innere gelb. als du mit dem pyjama nach hause kommst, bricht swann in schallendes gelächter aus, ein gelächter, das du nicht verstehst. du trägst den pyjama in der folgenden nacht und in der nacht darauf, in allen weiteren nächten darauf, bis die hosenbeine nur noch zur mitte deiner waden reichen und der stoff an knien und ellbogen langsam durchsichtig wird. es ist nicht so, dass dir der pyjama gefällt, dir je gefallen hätte; dir gefällt primär die vorstellung, nachts, wenn du im dunkeln liegst, von ananke, weniger als hundert meter luftlinie von dir entfernt: ananke im selben pyjama, in derselben dunkelheit, vielleicht dieselben träume träumend.

du findest eden beim training. du setzt dich auf die bank vor der umkleidekabine am waldrand, in sichtweite des gestüts, du lehnst dich ans holz zurück, die augen geschlossen, die schwärze, die kälte, in der stille das schnauben der pferde, fern der verkehrslärm in der stadt. du hast immer geglaubt, auflösung, zerfall beschreibe einen langsamen prozess, ein gebäude zerfällt im lauf der zeit, radionuklide besitzen halbwertszeiten von dreißig, von fünfundzwanzigtausend, von vierzehn milliarden jahren. doch nun, hier, in der winterdämmerung, nach dem anruf, nach swanns worten: alles ging viel zu schnell. es fehlt etwas zwischen davor und danach, und die scherben, das blut an deinen händen: du siehst das vorher nicht mehr, weißt nicht, wie du es wieder ganz machen kannst. dann bewegung aus richtung des waldes, edens schritte auf kies, die herzschläge, die deine komplettieren. du stehst auf und trittst in die dunkelheit, die mittlerweile vollkommen ist, hier, zwischen den bäumen. du gehst auf eden zu und sagst, eden, und ihr bleibt stehen, zwei teile eines ganzen, spiegel im spiegel, und du sagst es, du sagst es das erste mal laut: ananke ist tot. dein atem als wolke, die sich im schwarz auflöst.

du bist vier jahre alt, und es ist herbst, und es ist ein besonderer tag. du wachst früh auf, bist schon ganz aufgeregt: heute. heute ist der tag. du kletterst aus dem bett und schleichst noch im nachthemd aus dem zimmer, das parkett kalt an deinen schwitzigen kinderfüßen. im haus ist es ganz still, noch ist außer dir niemand wach: eden schläft, und avi und swann schlafen, und egg, egg schläft sowieso immer, egg ist ja auch bloß ein baby. du steigst vorsichtig die treppe hinab, stufe für stufe, auf das holz lauschend, hoffend, dass es nicht plötzlich knarrt. in der küche liegen bereits eure kleinen rucksäcke auf dem tisch, deiner in blau und edens in grün, auf deinem ein bär, auf edens ein elefant. du hast swann oft genug geholfen, du weißt, wie man das macht, nimmst salz und mehl aus dem küchenkarussell und die hefe aus dem kühlschrank, legst alles auf der kücheninsel bereit, auch die große schüssel, auch die waage, und steigst dann auf den schemel an der anrichte und beginnst. später sitzt du neben eden im fahrradanhänger, zwischen euch die schüssel, der kessel, und avi tritt vorne in die pedale. du boxt eden in die seite, eden sagt, aua, hör auf, das tut weh. du sagst, hör selber auf, nenn mich nicht mehlteufel, das ist gemein. stimmt doch, swann hat es doch gesagt, du bist ein kleiner mehlteufel, hat swann gesagt. du streckst die zunge raus und boxt deinen zwilling noch einmal in die seite; avi sagt, schluss jetzt, ihr zwei, sonst kehren wir um. im wald riecht es gut, nach tannennadeln und moos und feuchtem holz. ihr fahrt bis zur feuerstelle am bach, dicht gefolgt von bas mit ananke und vaska im anhänger; fred hat schon ein eigenes rad, es ist rot, und seit dem sommer braucht fred auch die stützräder nicht mehr. ihr kinder macht euch auf die

19

das licht ist zu hell in den zügen, sodass du die augen ge-schlossen hältst; die welt ist zu laut, und gleichzeitig fürchtest du, dich in der stille zu verlieren. eden neben dir, auch blind, auch stumm: ihr braucht nicht darüber zu reden, die bilder in edens kopf, die worte, jede angst: du kennst sie auch so.

suche nach feuerholz, fred und vaska und ananke, eden und du, doch der unerwartete regen von letzter nacht erschwert euch die aufgabe. trocken, habe ich gesagt, sagt bas, als ihr mit ästen und großen rindenstücken beladen zur feuerstelle zurückkehrt, trocken, kinder, ihr wisst doch, was trocken heißt. fred erklärt, dass ihr es versucht, dass ihr überall geschaut habet, bis zum hexenstein hinauf habet ihr gesucht, doch es sei alles feucht, feucht sei das trockenste, was ihr habet finden können. na dann, sagt avi, dann müssen wir wohl aus feucht trocken machen, wenn wir nicht verhungern wollen. während sich die anderen um das feuer kümmern, gehst du mit vaska und ananke noch einmal los. ihr seid auf der suche nach schlangenbrotstecken, so und so lang und so und so dick, genau wisst ihr nicht, wie lang und wie dick, doch wenn ihr sie seht, so seid ihr überzeugt, dann wisst ihr es. vaska kann schon mit dem taschenmesser umgehen, und wenn ihr einen guten stecken erspäht, dann ruft ihr vaska, und vaska sägt den ast ab. als ihr mit sieben stecken zum platz am bach zurückkehrt, brennt das feuer noch nicht richtig, doch erste flammen züngeln an der reisigpyramide im steinkreis, rot und orange und helles, heißes gelb. noch einmal glück gehabt, sagt avi zu fred und hebt die hand zum high five, gut gemacht, feuerindianer. fred sieht wirklich ein bisschen aus wie ein indianer, mit schwarzen schmieren im gesicht, auf den wangen und auf der stirn, doch als fred die kriegsbemalung wegwischen will, wird alles nur noch schlimmer vom ruß und dreck an den fingern. bis das feuer gut brennt, bis die glut heiß genug ist, um die kürbissuppe im schwarzen kessel zu erhitzen, heiß genug auch, damit ihr den brotteig um eure als ihr am bahnhof die treppen hochsteigt, setzt leichter schneefall ein, flocken, die bei der ersten berührung schmelzen: nichts bleibt zurück über den augenblick hinaus. das letzte stück, über die wiesen, durch den wald, geht ihr hand in hand. edens griff, finger, die sich an deine klammern, nägel schneiden halbmonde in haut, doch du lässt nicht los, könntest nicht, wenn du wolltest. klammerst selbst. dann das haus, dann auch: swann und egg und avi. ihr seid angekommen: zu hause. in der mitte. am anfang. dort, wo einst alles.

stecken wickeln und knusprig backen könnt, spielt ihr verstecken und fangen, und fred schwingt sich sogar an einem seil über das rauschende wasser und bis ans andere ufer. später sitzt ihr ums feuer, eure gesichter rot mit herbstlicher kälte, mit müdigkeit und feuerhitze, und ihr esst von der suppe und von dem brot, während avi euch die legende von den cherokee-indianern erzählt, die geschichte davon, wie das feuer auf die erde, der rabe zu seinem schwarzen federkleid, der uhu zu seinen augenringen und die zornnatter zu ihren schwarzen schuppen kam.

jetzt, als eden und du am abend von anankes tod nach hause kommt, als swann euch entgegenkommt und euch in den arm nimmt, als avi euch die stirn küsst, erkennst du: familie ist nicht blut; ist nicht gene. familie ist erinnerungen; ist tränen, die sich auf müden wangen mischen; familie ist, was du daraus machst. was du familie sein lässt.

ananke ist dein feuerwerk. weihnachten ist vorbei, silvester steht vor der tür. folglich: es ist noch dunkel, als der wecker klingelt, vier, halb fünf, du weißt nicht mehr, worauf ihr euch geeinigt habt. du schlägst die decke zurück, schlüpfst in die strumpfhose und den rollkragenpullover, warm einpacken, hat swann gesagt, es wird eisig kalt. du schiebst den vorhang zur seite, es liegt schnee, und mond und sterne leuchten klar. in der küche kocht eden milch auf, die ihr mit mehr schoko-pulver als gewöhnlich und im stehen trinkt, dein blick dabei auf den mit schnur zusammengebundenen pfannendeckeln auf dem tisch ruhend, auf edens trompete, die danebenliegt. dann ab auf die straße, dann ab zu fred und vaska und ananke, und es heißt los: lärm machen und leute aus dem bett jagen, süßigkeiten sammeln und bas und avi mit dem alten spruch geld aus der tasche locken: so geht dieser tag los, so hört das jahr auf: heut' ist silvester, morgen neujahr, gib mir fünf franken oder ich rupf dich am haar. später dann: die müden morgenstunden im warmen bett; die vom zucker klebrigen zähne, die gruslig verfärbten lippen; kartoffelsuppe am mit-tag und schneeballschlachten am nachmittag. noch später schließlich: rimuss und pizza aus dem holzofen; tischbom-ben und kartenspiele; und das beste, das größte, das schönste zum schluss: raketen und lady crackers, sprühende sonnen und der sternenregen der vulkane: komme, was wolle, zu-sammen schaffen wir das.

du sitzt in deinem alten, lichtlosen zimmer am fenster, draußen liegt der garten im dunkeln. du kannst die tanne nicht sehen, die es nicht mehr gibt, auf der ihr zehn, fünfzehn, zwanzig meter in die höhe geklettert seid. du kannst die fußballtore nicht sehen, die leto für eden und dich hat schweißen lassen: jetzt vom rost zerfressen, die netze in fetzen, gras und kletterrosen sich um die torpfosten windend. der erdhügel, eure alp, hinter dem die johannisbeersträucher selbst bei tageslicht im schatten liegen. der verfallene hasenstall an der westseite: du erinnerst dich an die marotten von milli, das weiche schwarze fell von neni und grappa, den schreck, als ihr aus dem urlaub zurückkamt und adge geköpft im außengehege lag. wenn du aufsiehst, weiter hinaus in die dunkelheit, ist da die leere der nicht erleuchteten fenster; der fenster, in denen ananke nicht mehr ist; der fenster, hinter denen ihr gemeinsam am boden, am tisch saßt und spieltet, kuchen aßt, fernsaht; fenster, von denen du weißt, wie das drinnen von draußen aussieht und das draußen von drinnen; und fenster, hinter denen irgendwo bas und roan stecken, fred und vaska und ash – und die gleichen fragen klumpenhaft im bauch sitzen haben wie du.

26

es klingelt an der tür, doch du öffnest nicht. es klingelt erneut, und als du öffnest, steht ananke vor dir: gekommen, um sich zu verabschieden. dir fehlen die worte für fragen, ihr umarmt euch, ananke drückt dir einen zettel mit der neuen adresse in die hand. du starrst darauf (denkst an den mais und den fluss und das meer unter dem mond) und fragst, ob du zu besuch kommen darfst. noch nicht; lieber nicht; später vielleicht. du erwachst und kannst dich nicht bewegen. cato liegt neben dir, und du kannst atemzüge hören, die nicht deine eigenen sind.

eden sucht halt bei aristoteles. kommt in dein zimmer und sagt, das allerbeste nämlich ist für dich gänzlich unerreichbar: nicht geboren zu sein, nicht zu sein, nichts zu sein. du schweigst; egg ebenfalls.

stunden, nachmittage, tage verbringt ananke plötzlich in otals haus am waldrand, einem haus ohne wände, ohne türen, einem haus, das ein einziger großer raum ist, eine halle, ein saal. zukunft hieß für otal ursprünglich: zum ballett und tanzen. dann: münchmeyer-syndrom und damit muskel-, binde- und stützgewebe, das langsam in knochen verwandelt wird. die verknöcherung beginnt am hals, im nacken, schreitet von oben nach unten fort: otals fibrozyten heilen wunden nicht zu narbengewebe, sondern zu knochen ab. ananke hat es sich in den kopf gesetzt: otal wird zwar nie beim ballett tanzen, doch das heißt nicht, dass otal nie tanzen wird. und so lernt ananke die tanzschritte und gibt sie an otal weiter, stunde um stunde, nachmittag um nachmittag, in dem türenlosen haus oben am waldrand.

ananke ist tot. so steht es in der todesanzeige, die du vor zwei tagen aus der zeitung ausgeschnitten hast: du hast nicht geträumt. da steht *ananke* und dann die jahreszahlen. die namen der eltern, der geschwister, die fast auch deine eltern, deine geschwister sind: bas. roan. fred. vaska. ash.

du stehst auf der trittleiter und blinzelst in das dunkel des hühnerstalls. wie viele, fragst du eden. eden steht am maschendrahtzaun und sucht mit den augen das freilaufgehege ab. vier, sagt eden, nein warte, fünf, ich sehe fünf. bist du sicher. zähl doch selber. du schiebst den ärmel deines pullis richtung ellbogen, hältst den atem an. egg sitzt mit einer büchse hühnerfutter auf dem boden, pickt sonnenblumenkerne zwischen den weizen- und gerstenkörnern hervor, kauend, feuchtrot blitzt die zunge zwischen den lippen hervor, schlangenhaft und fasrige schalenreste ausspuckend. eden steht nun hinter dir, sagt, jetzt mach schon. du streckst deinen arm aus in das dunkel des stalls, du hast ananke und vaska schon tausendmal dabei zugesehen, so schwierig kann es nicht sein. bei der ersten berührung mit dem stroh erschrickst du, obwohl du sie erwartet hast. vorsichtig schiebst du die halme beiseite, blind, drückst deine schulter gegen die stallwand, um weiter, um tiefer, dabei jederzeit bereit, deine zitternde hand vor einem spitzen schnabel zurückzuziehen: vier, fünf, wer sagt, dass eden richtig zählt. weiter, tiefer, du zitterst nervös, fühlst schweiß die feinen bachbette deiner handfläche entlangrinnen; dennoch nimmst du wahr, dass das innere des strohhaufens warm ist, wärmer. dann stoßen deine fingerspitzen auf das erste ei, schließen sich um das reinweiße, noch lauwarme oval, das du vorsichtig in edens handfläche legst. siehst du, sagt eden, geht doch.

ihr trefft euch am hafen, vienna, cato, eden und du. ihr öffnet den mund; es fehlen die worte. ihr schließt die augen; erinnerungen tanzen. ihr streckt die hände aus; und fasst ins leere. eure tränen fallen in den abgrund zwischen tag und nacht und werden zu sternen, die in der dunkelheit leuchten.

du hörst den tag, bevor du ihn siehst. ananke liegt in der dunkelheit neben dir, auf der anderen seite eden, beider atem tief und regelmäßig. durch die zeltwand und die lücke und die nächste zeltwand hörst du vienna und cato, auch ihr atem regelmäßig und tief. dann das wasser. in der ferne die autobahn. du riechst den tag, bevor du ihn siehst: schlaf im stickigen zelt, das feuer, der rauch in anankes haar. junge haut, alter schweiß. als du den arm aus dem schlafsack streckst, lässt dich die frische der nacht für sekunden zögern. du tastest in der samtenen finsternis nach kleidern, schlüpfst in hosen, einen pullover. schiebst leise den reißverschluss eures zeltes nach oben, kriechst ins taufeuchte gras. der tag ist noch nacht, hängt dicht blau zwischen den bäumen hinter euch, schwebt über den tags grünen feldern, dem tal. du hockst dich neben der feuerstelle nieder, hältst eine hand über das grau der letzten glut. dir ist übel, so hungrig bist du, doch das stück brot, das zwischen den feuerstellensteinen liegt, ist feucht, riecht nach pilz, nach alt. du richtest dich auf, blickst ins tal. der bauernhof. licht im stall, schlagermusik dringt den hügel hinauf. du gehst darauf zu, die erleuchtete türöffnung, die luft nicht wie luft, eher wie wasser: bremsend, jede bewegung kostet; und doch: schwerelosigkeit. spürst jeden grashalm an der nackten sohle deiner kinderfüße, gräser der nacht. überquerst das wasser auf herausragenden steinen, eisig lecken seine zungen an deiner verschwitzten haut: salz, wasser, meer. das licht fällt auf den hofplatz, lichtstaub verfängt sich zwischen deinen zehen, als du dich auf die tür zubewegst. meriaut mit dem rücken zu dir. stockend schleichen sich die melodien aus dem radio unter dem mit

der park hinter der universität ist schwarz. der weiher ist ge-
froren, ist schwarz. selbst der schnee ist: schwarz. nur die
kälte, die kälte, die nicht sichtbar ist, die in dich kriecht wie
ein parasit, durch die fußsohlen, in den adern deine beine hinauf, durch deine eingeweide, am kehlkopf vorbei und weiter
in deine augen, in deinen kopf: die kälte ist weiß.

spinnweben verklebten fenster um die knochig weißen leiber der kühe. golden das stroh am boden, und die melkmaschine saugt rhythmisch an den zitzen, saugt die prallen euter leer. du stehst im türrahmen, drückst dich an die wand. du riechst jauche, hefe. die heuballen neben dir. als meriaut dich ent-deckt: ein winken, ein lächeln. komm, komm nur. meriaut greift sich den melkschemel vom nagel an der stallwand, stellt einen kessel unter eine ungemolkene kuh und zeigt dir, wie du die zitzen greifen musst. die bewegung: zwei hände, regelmäßig. sanft, aber bestimmt. du legst den kopf an den bauch der kuh, der warm ist, du hörst oria, ihr inneres: es gurgelt, es gluckert, vier mägen hat eine kuh. gut gemacht, sagt meriaut und klopft dir auf die schulter: ein aufwachen. meriaut leert den kalten kaffee aus der gepunkteten tasse auf dem fenstersims und taucht sie in die noch kuhwarme milch. orias wärme geht in deine hände über. die tasse an deine lip-pen, die milch: süß. säuerlich. roh. nach heu. die nacht hebt sich, du eilst schnellen schrittes unter ihr durch, den hügel hinauf. zurück. als die zelte in sichtweite kommen, klettert vienna aus der zeltöffnung. du bleibst stehen, drückst dich in der dämmerung gegen einen baum, in die frisch belaubten arme der waldrandsträucher. vienna reibt sich den schlaf aus den augen, stochert mit einem ast im alten feuer. im wald knackt es. vienna dreht sich um und verschwindet zwischen den bäumen. ananke und eden schlafen immer noch, als du in euer zelt zurücksteigst und den reißverschluss hinter dir schließt. auf dem bauch. den kopf zur seite geneigt. ein ohr als muschel zwischen dem haar. du kriechst in deinen schlafsack zurück, suchst nach restwärme. du fährst dir mit blut tropft ungehindert aus deiner nase, spritzt vom weißen wannenboden an die weißen wannenwände. verdünnt an das beschlagene glas. du hältst die hand auf, sammelst das rot, das immer schneller aus dir fließt. von der hitze getrieben. herz- und kopf- und lebenslinie, schicksal: flusssysteme auf deiner haut, kapillarkräfte ziehen in richtung. richtige richtung. nach ananke: richtungslos. ein dunkel rotes gewässer bildet sich, aus dir, außerhalb von dir. du sammelst in der kuhle die tropfen, sammelst dich in dir. zu fassen, tropfen zu fassen. trittst über die ufer, dein meer, dein ozean. nicht salz, eisen. rinnsale deinen arm entlang, schwerkraft jetzt, fluten einen wald aus jungbäumen, zartem wollhaarflaum: auch lanugo genannt. später suchst du nach schlaf, mit offenen augen. weil. jedes mal, wenn deine lider sich senken, steht da ananke. stumm. wie immer, nie mehr so.

dem finger über die oberlippe und putzt den milchschnauz weg. als du mit der zungenspitze die schaumreste von deiner fingerkuppe leckst, schmeckst du noch einmal heu. du legst deinen finger auf anankes lippen und verschaffst dir zutritt zu anankes träumen.

bas und roan bitten dich, auf anankes beerdigung etwas zu sagen. du musst nicht, sagen sie, aber. aber. was nach dem aber kommt, spielt keine rolle, du sagst ja, ja natürlich, dir bleibt nichts anderes übrig. doch es zeigt sich schnell: es gibt die worte nicht, die du bräuchtest. ananke war, und jetzt, da ananke nicht mehr ist, gibt es auch nichts mehr zu sagen, nicht in sätzen, die sich an bekannte grammatikalische regeln halten. du hebst den hörer an, bist kurz davor, bas und roan zu sagen, dass nein, dass nicht jetzt, dass du nicht kannst. doch du kannst es nicht, kannst es ihnen nicht sagen. am ende entscheidest du dich für die worte von jemand anderem.

das gefühl, nebeneinander hergehen zu können, ohne dabei etwas sagen zu müssen, im gemeinsamen schweigen daheim zu sein. satter sommerregen tropft durch die kronen der bäume, bleibt an blatträndern, an nadelspitzen hängen, sammelt sich in den falten eurer jacken zu verzweigten flusssystemen, die über kapuzen, schultern, rücken richtung boden fließen. der kies des waldwegs knirscht unter euren schritten, regenperlen auf dem gefetteten leder deiner wanderschuhe, an den spitzen von anankes wimpern, flechten wie bärte an den ästen der lärchen. ihr biegt vom weg ab, ins unterholz, brombeerranken verfangen sich in deiner hose, echte nelkenwurz, brennnesseln, waldmeister. ihr überquert das bachbett auf einer brücke aus baumstämmen und klettert auf der anderen seite den hang hinauf, wurzeln lösen sich, als du dich daran festhältst, kein halt in dieser erde wie staub. im steinkreis unter den weiten ästen der eiche die noch glühenden reste eines feuers, es zischt, wenn die tropfen von den blättern auf das verkohlte holz fallen, und du atmest petrichor, verbranntes fett, altes laub und totes tier. dann: oben auf dem hügel aus dem wald und der blick über die stadt, über den see und auf den himmel über dem hügelzug, ananke neben dir. schafe drängen sich im schutz einer kastanie, die wolle verfilzt, erdverdreckt, blaue und rosa markierungen, zwischen denen sich das blöken der lämmer verliert. beim bauernhof füllt ihr eure trinkflaschen mit frischer milch, die ersten äpfel liegen in einem korb. du reibst eine zwetschge am stoff deiner hose, ananke klettert über den zaun und reibt die hand am salzstein, der an einer kordel vom zaunpfahl hängt, nähert sich dem esel mit ausgestreckter hand.

es gibt dinge, die du nach anankes tod nicht mehr zu dir nehmen kannst, es gibt eine ganze reihe von dingen: schwarze johannisbeeren, johannisbeerkuchen mit kirsch; gesüßten lindenblütentee und gelbe rosinen und tiramisù; calamari fritti und tirolercake; auch heiße schokolade mit schlagrahm: schoggi mélange. worauf du fortan ebenfalls verzichtest: auf puderzuckerbestäubte hefenussgipfel und bauernbirnbrot. und du entscheidest, dass du nie in einem haus wohnen wirst, an dessen fassade die nummer dreiundsiebzig prangt.

ihr seid in der zweiten, vielleicht dritten klasse, als am anderen ende der welt die erde bebt. du schneidest fotos von eingestürzten häusern aus der zeitung aus, von kirchen im schutt, von weinenden kindern in notunterkünften. in den tagen darauf backt ihr kuchen und kekse, ihr bastelt briefumschläge aus alten zeitschriften, bemalt streichholzschachteln und pflückt beim bauern kirschen, die mar zu marmelade einkocht. am samstag darauf helfen rho und avi euch beim aufbau eures standes, und den ganzen tag steht ihr auf dem kiesvorplatz im schatten der großen eiche und verkauft. *wir sammeln für unicef* steht auf dem pappschild, das vaska und eden gemalt haben. denen, die an der reinheit eurer motive zweifeln, zeigst du den hefter, in dem du zeitungsartikel und fotos in transparenten mäppchen aufbewahrst, und noch vor dem mittag müsst ihr dem sparschwein, das euch als kasse dient, das erste mal den bauch leeren.

du auf dem hügel über der stadt. am rand des nebelwaldes, feucht das gras zu deinen füßen, nackt die arme der bäume, dich umfangend. wolkendunkel erstreckt sich bis. am horizont licht. berge. schnee. et cetera.

eure familien fahren an den see, in einem meerblauen chrysler, in einem tomatenroten renault. du fährst mit ananke und vaska und ash, die sitzpolster des fremden wagens sind hellgrau, die scheiben getönt, der geruch im innenraum ist ein anderer, das auto hat eine schiebetür. es ist ein sonntag im sommer (in irgendeinem, in jedem sommer), es ist heiß. die hitze flimmert über dem asphalt, als ihr nach westen fahrt, zum bootshaus am see. als bas auf den kiesparkplatz einbiegt, wirbelt zwischen den steinen der staub eines regenarmen sommers auf. du streifst deine sandalen von den füßen und kletterst hinter vaska aus dem wagen und über den holzzaun, der das parkfeld von der bahnlinie auf der einen und der straße auf der anderen seite trennt. ihr wartet auf dem schmalen grasstreifen auf eine lücke im verkehr, doch auf der gegenüberliegenden seite siehst du bereits das tor, auf dem *privat* steht, *nur für clubmitglieder,* und das dach des bootshauses, das sich über die hopfenbuchenhecke erhebt, die eure liegewiese vor neugierigen blicken schützt; den see kannst du von hier aus nicht sehen, doch es genügt das wissen, dass er da ist.

der tod tritt plötzlich ein, sagt eden. auch anderes geschieht plötzlich, sagst du. alles geschieht immer plötzlich, sagt cato. das leben besteht nicht aus kausalen zusammenhängen, sagt vienna, das leben ist korrelation. ihr steht in der schmucklosen weißwandigen aufbahrungshalle der friedhofskapelle um anankes sarg. der raum riecht nach dem fichtenholz des sarges, der sargdeckel steht hinter euch an die wand gelehnt. du blickst dich um, als erwartest du ein schild, auf dem *berühren verboten* steht, dann beugst du dich über den sarg und küsst anankes wächserne stirn.

cato steht neben dir oben am hang und drückt deine hand so fest, dass es weh tut. ananke und eden knien vor euch am boden, den kopf zur seite geneigt: wie ihr lauschend. vienna kauert hinter einem strauch, nur wenige meter vom gleis der schmalspurbahn entfernt. eure augen sind auf die münze gerichtet, grell reflektiert die sonne von dem kleinen geldstück, das auf den von schmiere dunklen stahlschienen liegt. sie kommt, ruft ananke, sie kommt. cato drückt deine hand noch etwas fester, und ihr hört alle auf zu atmen, als die dampflok schnaufend um die kurve kriecht: auf euch. auf vienna. auf eure münze zu.

es gibt keine erste erinnerung an ananke. ananke war immer schon da, in deinem leben. in deinem kopf. es kann kein vor ananke geben, kein nach, es gab nur das gemeinsame jetzt. du nimmst ein küchenmesser aus der schublade und schneidest damit neben den alten narben in deine haut, und mit dem blut, das warm und dunkel aus der wunde quillt, schreibst du an die weiße wand: *i suffer from insomnia, from loneliness i sleep.*

ihr seid kinder, ihr kauert am strand im sand, ihr seid auf mu-
schelsuche. die italienische sonne brennt auf eure herbstlich
braunen rücken, auf denen nicht gleichmäßig eingeriebene
sonnenmilchspuren weißlich glänzen. dein haar ist strohig,
verkrustet vom salz und von der urlaubsfreiheit, dem weniger sensiblen elterlichen radar. du hast hunger und durst,
doch du willst nicht weg, nicht jetzt, es ist alles so: die fäden
der zeit perfekt verwebt, nichts soll das gewebe zerreißen.
du stehst auf und blickst dich um, ausschau haltend nach, in
einem versuch, den augenblick. ananke und vaska und eden
suchen mit dir, du bräuchtest nur deinen arm auszustrecken,
um. etwas weiter spielen fred und bas mit fremden volleyball,
das klatschen des balls auf trockener haut dringt bis zu euch.
swann und roan gehend, wassernah, so nah, dass ihre schultern sich berühren, für dich im gegenlicht zu einer silhouette
verschmelzen. unter dem sonnenschirm sitzt avi und liest egg
und ash vor, wie früher, wie immer. und dann trommeln füße
im heißen sand: cato. endlich. cato rennt auf euch zu und ruft
und winkt, und ihr lacht. du siehst: auch rho und thaïs nun
im schatten des sonnenschirms, stellen taschen ab, begrüßen
avi. endlich. endlich sind alle da.

ich dachte, du hättest aufgehört, sagst du zu avi. nichts als der glühende punkt der zigarettenspitze, neben dir schwebend in der winterlichen dunkelheit. es ist der abend vor der gedenkfeier, bevor ihr endgültig von ananke abschied nehmen sollt. ihr steht in der sternklaren nacht am rand der terrasse, blickt über die weite des gartens zu dem haus, in dem bas und roan und fred und vaska und ash jetzt sicherlich. hinter euch sind die fenster zur küche erleuchtet: eden und swann sitzen am tisch, reden. egg steht am herd und rührt in einem topf mit suppe, die seit mittag ungegessen vor sich hinköchelt. habe ich, sagt avi und zieht erneut an der zigarette, sodass die spitze hell aufglüht: ein nasenrücken, augenlöcher, und du hörst luft in lungen strömen, schmierig vorbei am teer, der die atemwege verklebt, hatte ich. und jetzt, fragt das kind in dir. jetzt ist alles anders, sagt avi, jetzt ist alles egal.

ein anderes jahr. ein anderes meer. du bist vor ananke in die andere richtung geflohen. der sand ist hier feiner, der strand breiter, das meer zieht sich bei ebbe so weit zurück, dass du es von deinem haus in den dünen kaum sehen kannst. manchmal liegt schnee, wenn du morgens aufwachst, und du stehst auf und verbringst den tag draußen, und dann, wenn du abends nach hause kommst, machst du ein feuer und setzt dich in jacke und mütze und handschuhen davor, bis du wieder warm wirst, dort, wo dein kaltes herz sitzt.

du gibst roan die hand; der augenblick dauert nur kurz, dann liegt ihr euch in den armen, tränen treten über. doch was dir in erinnerung bleibt, ist nicht das gefühl der umarmung, nicht roans körperwärme in der winterkälte, der zerbrechliche brustkorb, um den sich deine arme schließen; auch nicht roans geruch. was du nicht vergessen kannst: roans hand in deiner, spröde, alte haut, wie vergilbtes papier: als würde roans hand, wenn du zu fest zudrückst, in deiner zerfallen, sich dekonstruieren zu winzigkeiten, zu staub, der sich nicht wieder zusammenfügen lässt, ein akt der pulverisierung, und nichts bleibt.

der abend, die nacht, in der egg geboren wird. avi bringt eden und dich über die straße zu bas und roan. fred ist da, vaska, ananke, ash. ananke, eden und du lauft zum bäcker und kauft die letzten brötchen, beim metzger zwanzig würstchen: roan kocht hotdogs, die ihr vor dem fernseher essen dürft. du erinnerst dich: *mary poppins. peter pan. der zauberer von oz.* verboten zuckersüßes popcorn für die schon geputzten zähne. ash, selbst noch ganz klein, schläft mit dem kopf auf deinem schoß, bas döst ebenfalls. später: vaska, ananke und ash holen die matratzen aus ihren zimmern, roan bringt decken und kissen. du verbringst die nacht, in der egg das erste mal atmet, das erste mal schreit, zwischen ananke, eden, vaska und ash.

du wählst eine passage aus austers *the new york trilogy*, und schließlich, am grab, im schatten des obelisks, auf dem paulus' worte in stein gemeißelt stehen, *es bleiben glaube, liebe, hoffnung, diese drei*, als die urne schon in der erde verschwunden ist, als der regen zu fallen beginnt auf anankes grab, liest du von dem blatt papier, das in deinen fingern zittert, tränen und regen dünnen die worte aus: *later perhaps i will do something else. after i am done being a poet. sooner or later i will run out of words, you see. everyone has just so many words inside him. and then where will i be? i think i would like to be a fireman after that. and after that a doctor. it makes no difference. the last thing i will be is a high-wire walker. […] then i will dance on the wire […] that is what i would like. to dance on the wire until i die.*

der hof, auf dem ananke bis zuletzt lebt, steht auf einer kleinen anhöhe, in sichtweite des meers. du weißt das nicht aus eigener erfahrung: du fährst nie hin. du würdest gern, ihr plant den besuch wiederholt, doch immer findet ananke im letzten moment einen grund, warum es dieses mal nicht klappt. anankes erklärungen sind leicht als ausreden zu erkennen, was dich fast am meisten verletzt: dass ananke sich nicht einmal die mühe macht, überzeugend zu lügen, dass du anscheinend nicht wichtig genug bist. vienna fährt hin, vaska, fred und ash besuchen ananke mehrmals, bas und roan natürlich auch. sie zeigen dir die fotos, sie erzählen aufgeregt, du hast somit eine vorstellung davon, wie es dort aussehen muss. doch eben bloß eine vorstellung, eine idee, nichts, was sich auf wirkliches, eigenes erleben stützt.

am nächsten tag kehrst du auf den friedhof zurück. über nacht hat es geschneit, und unter der weißen schneedecke unterscheidet sich anankes grab in nichts von den anderen. einzig: das unpersönliche holzkreuz mit dem schwarz gebrannten namenszug. verborgen: der engel, den ash und vaska aus einem stück schwemmholz und rostigem blech; der kleine esel, den avi gestern morgen erst auf dem dachboden aus der kiste mit den krippenfiguren; die kerzen, die ihr alle und deren flammen der eisige nordostwind längst. du stehst vor dem grab im schnee und fühlst dich leer und hilflos und erstarrt angesichts der kälte, deiner machtlosigkeit, und etwas bricht in dir, und aus diesem bruch, diesem graben steigt eine wut, heiß und unkontrollierbar, eine wut, die rot und glühend über deine ränder quillt und den schnee zu deinen füßen zu asche verkohlt.

jedes jahr an viennas geburtstag geht ihr in den zirkus. in den großen zirkus, wo es löwen und tiger gibt und pferde und zauberer und schlangenmenschen. oder den kleinen zirkus, wo es einen pudel gibt und einen clown, der beppe heißt. owl kauft euch popcorn und sirup in großen bechern, und in der pause esst ihr zuckerwatte und gebrannte mandeln, und mar putzt euch die klebrigen fäden aus dem gesicht. du sitzt im dunklen zelt und riechst das popcorn in deinem schoß, das sägemehl in der manege, den warmen, leicht muffigen geruch nach den tieren. hinter dem zelt stehen die wohnwagen der artisten und anderen zirkusleute. einmal schleicht sich cato ins elefantengehege hinein und berührt ein tier am rüssel und gewinnt damit eine wette gegen eden. ananke ändert jahr für jahr den berufswunsch, abhängig vom eben gesehenen programm, will einmal raubtiere dressieren, dann am trapez unter der zirkuskuppel schwingen und zuletzt, bevor ananke zu träumen aufhört, dann: dem publikum ein leuchten in die augen zaubern.

du hörst nicht nur auf, gewisse dinge zu essen, sondern stellst listen auf mit objekten und aktivitäten, die nach anankes tod ebenfalls tabu sind: um festzuhalten, einem perversen drang folgend, auch jede noch so kleine erinnerung zu konservieren, keine neuen hinzuzufügen. was unter anderem auf diese listen gehört: krafträume im sommer, gemeinschaftsduschen; karl mays *winnetou und old shatterhand*; modelleisenbahnen, flugsimulatoren und f/a-achtzehn-kampfflugzeuge; der geruch nach in der sonne eines heißen sonntagnachmittags trocknenden armleuchteralgen; frühmessen, schildpattkatzen und kleintierausstellungen; schleppskilifte und sommersprossen; federball bei tiefem sonnenstand, die ersten stunden des letzten tages des jahres; weiße tauben, seekühe und vor allem: esel.

auf den irrgängen, die ananke und dich nach den vorlesungen durch die stadt ziehen lassen, fallen dir die plakate auf, die jedes jahr im frühling die rückkehr des zirkus ankündigen, in gelb, rot, blau. du zeigst auf eines, doch ananke schüttelt nur den kopf, ich erinnere mich nicht. du weißt nicht was sagen, weißt nicht, wie es sein kann, dass ananke all das einfach vergisst: das licht in der manege, das tanzende sägemehl, aufgewirbelt unter dem rhythmischen galopp der glänzend schwarzen pferde. das salz des popcorns auf den lippen, die klebrigen zuckerwattenfinger. die sicherheit, die das wissen verleiht, die anderen in der nähe zu haben, in der dunkelheit des zelts.

was von eurem letzten wiedersehen heute bleibt, greifbar: einzig ein streichholzlanger rauchkristall, den ananke dir ins krankenhaus mitbringt, der dir jetzt, in diesem moment, an einer silberkette um den hals hängt.

du bist zehn jahre alt, und es ist sommer und es ist sonnig und heiß. eden und du verbringt zusammen mit ananke eine woche auf dem bauernhof von anankes großeltern und helft bei der zwetschgenernte. schon im verlauf des morgens wird es sehr warm. seit fünf tagen dauert die hitzewelle an, und niemand weiß, wie lange das so weitergeht. oft seid ihr schon kurz nach sonnenaufgang auf den beinen, geweckt vom stroh, das euch sticht, und von den vögeln, die in den bäumen draußen wie wild zwitschern. ihr wascht euch das gesicht am brunnen im hof und helft dann earl und agi mit den schweinen und den hühnern oder in der küche beim vorbereiten des frühstücks. es gibt selbst gebackenes brot und honig und goldig gelbe butter, und du nutzt es aus, dass agi die regeln offenbar nicht kennt, nicht interessiert ist daran, ob du zwei oder drei oder vier oder auch fünf löffel schokopulver in die milch rührst. nach dem frühstück schmiert ihr euch dick mit sonnencreme ein, die haut ist dann ganz klebrig und glitzert, irgendein geheimer stoff in der sonnencreme bleibt zwischen den härchen an deinen armen kleben und lässt sie schimmern, fast als hätte ein zauberer dich mit sternenstaub bestreut. ihr setzt eure strohhüte mit den bunten bändern auf und macht die weidenkörbe, die earl euch reicht, an euren gürteln fest. die nächsten stunden verbringt ihr auf den zwetschgenbäumen, klettert hinauf und pflückt die früchte und klettert hinab und kippt die dunkel blaue ernte in die grünen kisten auf der ladefläche des anhängers. um zehn macht ihr eine pause, zusammen mit den anderen helfern, es gibt belegte brote mit fleischkäse und echtem käse und essiggurken, dazu rivella und citro, was eine weitere von swanns regeln bricht. um ein traum: du gräbst dein loch. wie früher, am strand im sand. du gräbst dein eigenes, dein letztes loch. die erde ist warmes braun, februarfeucht. krümelt zwischen regenwürmern. immer wieder trifft das metallene schaufelblatt auf kiesel, auf große steine. du erschaffst ein nichts. nimmst, was ist, und hinterlässt stattdessen   . du schätzt: ausreichen würden für deinen zweck: fünfzig zentimeter durchmesser, siebzig zentimeter tiefe. doch du gräbst weiter. denkst an australien. niemand sagt dir, wie groß dein loch werden kann. gelegentlich: seitenwände brechen ein, erdklumpen kullern zu deinen füßen, purzeln, trommeln auf deinen hinterkopf. du klopfst die erde fest. du gräbst weiter. du gräbst dein loch.

euch grasen die mangalica-schweine, fressen das gras und die faulen zwetschgen, die zu boden gefallen sind, und manchmal verirrt sich auch eins der hühner, findet irgendwie den weg vom hof bis zu den zwetschgenbäumen. danach geht es wieder an die arbeit, hoch auf die bäume, früchte pflücken, korb leeren: es ist ziemlich anstrengend, doch ihr helft weiter fleißig mit. dann, wenn die anderen die nächste pause einlegen, weitere sandwiches auspacken oder sich um die große schüssel mit kartoffelsalat ins gras setzen, macht ihr euch auf den weg zum haus zurück, wo agi mit dem mittagessen auf euch wartet. eine regel, die ihr hier, im gegensatz zu zu hause, ohne großen protest befolgt, ist die mittagsschlafregel. wenn du ehrlich bist, ist es ganz schön ermüdend, jeden tag so früh aufzustehen und dann so viel zu arbeiten, weshalb ihr nach dem ersten tag nichts mehr gegen die verordnete ruhe sagt. und immerhin ist agi nicht so streng, ihr dürft die dreiviertelstunde auch draußen verbringen, in der hängematte oder im tipi hinter dem haus, und so liegt ihr dann und döst oder blättert in einem comicheft, und manchmal hört ihr eine kassette, und manchmal ist da nichts außer dem gackern und scharren der hühner, dem plätschern des brunnens im hof und den geräuschen aus der küche, wenn agi nach dem mittagessen alles verräumt. am nachmittag packt ihr eure badesachen und fahrt mit den rädern an den nahen see, wo du noch vor eden einen sprung vom zehnmeterbrett wagst, und nach dem abendessen macht ihr mit earl ein lagerfeuer und liegt dann im gras, in den hecken die glühwürmchen, über euch die fledermäuse am himmel und die sterne, während agi euch alte geschichten erzählt.

nicht, sagst du und schiebst viennas hand von dort weg, wo anankes immer gelegen hat, und drehst dich um. cato stellt den wecker aus und sagt: es gibt nichts da draußen, nichts als die sonne, und sie wartet nicht auf uns. an manchen tagen, wenn du allein bist, begehst du, was andere als dummheit bezeichnen mögen, was für dich aber in dem augenblick der einzig gangbare weg ist: blut in roten tropfen, die flamme am streichholz, die flamme an der haut, trinken, bis dir schwindlig wird. einzig und allein aus der notwendigkeit heraus, der welt zu beweisen, dass du noch lebst.

vaska hat geburtstag, und die sonne scheint. eden und du seid schon den ganzen tag aufgeregt, seit gestern eigentlich, die ganze woche schon. regt euch endlich ab, sagt swann, es ist bloß ein geburtstag. das ändert nichts: ihr freut euch trotzdem. es ist das erste mal, dass ihr die geschenke aussuchen durftet, ja, richtig: geschenke. du hast mit der hälfte des geldes, das swann euch gegeben hat, ein diabolo gekauft und eden mit der anderen hälfte so ein forscherding, so einen becher mit einer lupe im deckel, mit dem man eine biene einfangen kann oder einen marienkäfer und das insekt dann so beobachten. bas und avi haben im garten einen parcours mit verschiedenen spielen aufgebaut. es gibt büchsenschießen und sackhüpfen, es gibt ein dreibeinrennen und ein schokoküssekatapult. du verlierst gegen cato beim eier-auf-dem-löffel-tragen, gewinnst dafür gegen ananke beim dauerkopfstand-halten. später macht ihr schlangenbrot über dem feuer, und es gibt eine torte mit erdbeeren und schlagrahm und schmelzbrötchen mit lustigen gesichtern drauf: schokostreuselhaare und smarties-augen und ein breites grinsen aus zuckerguss.

du suchst nach mustern, suchst nach sinn. suchst halt in der abstraktheit der zahlen, zählst die tage, rückwärts, zwischen tod und geburt: das gemeinsame jetzt. neuntausendundvierundachtzig tage sind zweihundertachtzehntausendundsechzehn stunden sind dreizehn millionen nullhundertachtzigtausendneunhundertsechzig minuten sind auch: siebenhundertvierundachtzig millionen achthundertsiebenundfünfzigtausendsechshundert sekunden. und doch sind es nicht genug. es sind nie genug.

es geschieht nicht jeden tag, dass ihr zu hause nachtisch kriegt. einmal, in guten wochen zweimal, ausnahmsweise wenn besuch da ist (beispielsweise ananke; in dem fall oft gleichzeitig auch: fred, vaska und ash). in der regel schmeckt dir, was swann kocht, einzig wenn das hauptgericht aus blätterteig besteht, verzichtest du und isst nur salat. fisch magst du nicht sehr, käse, pilze. manchmal trinkst du milch, manchmal nicht. es gibt vieles, was: swann ruft hin und wieder aus, wer hätte gedacht, dass essen so schwierig sein kann. wenn es nachtisch gibt, ist das nichts großes: einen minor-schokoriegel oftmals, verpackt in hauchdünne alufolie in grün oder blau oder rot; papillon-pralinen manchmal, die das mit einem schmetterling geprägte schokoquadrat umgebende folie aus kunststoff, blau oder magenta. wenn ihr am nachmittag schulfrei habt, bastelt ihr bisweilen brillen mit blau-roten gläsern. wenn du das gestell aus pfeifenputzern aufsetzt, erscheinen eden und ananke und vaska und fred durch die papillon-folien wie freunde von einem anderen stern.

es heißt: erinnerung wird nicht in nervenzellen, sondern in der extrazellulären matrix gespeichert. was nichts erklärt, was bloß neue fragen aufwirft: ist eine erinnerung noch du, wenn sie nicht in dir, sondern zwischen dir ist. wo liegen dann die bilder: ananke im tretboot. eden und du im gras zu hause im garten, die jungen hasen, deren fell sich so weich streichelt. fred und loreto nach der geburt von oregon. wo sind sie. wo ist der geruch nach über dem offenen feuer gegrillten würsten. wo ist das gefühl von sandkörnern zwischen den zehen nach einem tag am strand. wo der geschmack von anankes blut, das du im schnee von deinen lippen wischst. bist das nicht du. was bist du, wenn nicht länger deine erinnerung. wo beginnt dein ich. und wo hört es auf.

ein semester lang, als es dir wirklich schlecht geht, als eden an dir, an deinem jammern, deiner unfähigkeit verzweifelt, wohnst du auf anankes fußboden. im exil von allem, was groß und laut und bunt und schnell von außen gegen dich drückt, und überhaupt, denkst du, warum muss man immer, warum muss man immer zu zweit und nie allein und ganz allgemein. du liegst auf einem dünnen futon, schläfst, schweigst, willst nichts als schlafen, schweigen, schreiben manchmal. und ja, auch: sterben. studieren: sinnlos. leben ganz allgemein: sinnlos. ananke weckt dich jeden morgen. zieht dich aus. duscht dich kalt. zieht dich an. macht dich kaffee trinken, tee, wasser, saft, manchmal milch. macht dich essen, füttert dich. du: lustlos (willenlos), gehorsam (gefügig). wirst zu anankes schatten, folgst schritten, blicken, ananke in hörsäle, in denen dinge diskutiert werden, die über deine vorstellungskraft: laktationsphysiologie; zuchtwertschätzung für nutztiere; wirkungsweise, rückstandsbildung und umweltverhalten von modernen pflanzenschutzmitteln. du schließt die augen, lässt dich treiben auf den wellen anderer leute worte (ihrer gedanken). ein dösen, das. beobachtest. wunderst dich über (bewunderst) den eifer, mit dem ananke dasitzt, zuhört, notiert und diskutiert. ein glänzen in den augen. engagiert, interessiert: mit plänen; zielen; träumen auch.

du hast angst vor dem vergessen und fängst an, alles aufzuschreiben. am morgen stehst du auf und lebst den vormittag, und am mittag setzt du dich hin und schreibst das erlebte auf, alle erinnerungen. und dann stehst du auf und lebst den nachmittag, und abends, bevor du dich hinlegst, hältst du deine gedanken, die gerüche und gerüchte des tages fest, was noch bleibt. du fragst dich, ob du, wenn du jede erinnerung einmal erinnert hast, endlich loslassen kannst.

das letzte mal, dass du ananke siehst, riechst, spürst, liegst du im krankenhaus. man gab dir die falschen medikamente, man gab dir noch fünf tage. was für ein wunder, hieß es dann, was für ein glück. euer gespräch ist vor allem anankes gespräch. du: geschwächt, beatmet. ananke kommt aus der ferne, den süden in der stimme, im haar, und setzt sich zu dir ans bett. als sei nicht. als ob. erzählt von der welt hinter den bergen. von der farbe des wassers im wechsel der jahreszeiten, dort, wo süß und salz sich vereinen. vom mais und vom reis, dem geruch der erde, aus der sie wachsen. von schweiß und blut und dem mehlstaub in der mühle, der sich in den härchen der nase festsetzt, trocken im rachen kleben bleibt. und als ananke sich über dich beugt und dir das haar aus der stirn streicht, fühlst du die risse in der haut, in denen das blut rot klebt. und du möchtest, du würdest gern. trocken deine zunge an pelzigem gaumen, felligen zähnen. ananke schüttelt den kopf und erzählt stattdessen von der weite, der reinheit der luft. der möglichkeit, große schritte zu tun. ungehindert. erzählt vom warmen sand zwischen den zehen. den wellen, brechend. von salz auf lippen, zwischen küssen. ananke beschreibt die musik der nacht, wenn die sterne und der mond und der wind in den bäumen, und du hörst jedes wort, wie ein schwamm saugst du, durstig. doch: ananke spricht bereits eine sprache, die du nur wortweise verstehst. nicht als einheit, als ganzes.

mindestens einmal wöchentlich kehrst du zum weiher zurück. meist abends, um die zeit des eindunkelns, wenn die vorlesungen an der universität für den tag vorbei und die kinderkrippen-, kindergartenkinder zu hause sind. regenwolken marmorieren den taubenblauen himmel dunkelgrau. ein lauer vorfrühlingswind raut die wasseroberfläche auf: die milchglasige eisdecke ist inzwischen getaut, dunkel das wasser wieder, tief. wasservögel, die eben noch über die schollen trippelten, liegen weiß und grau und grün auf des weihers schiefergrau. manchmal fütterst du die enten mit trockenem brot. manchmal liegt wieder schnee, in dünnen decken auf skeletalen ästen. manchmal regnet es, und die tropfen springen von der teichoberfläche, hüpfend. du setzt dich in der windgeschützten bucht in den kies, wassernah. in deinem rücken sporadisch das trommeln von läuferfüßen auf der weichen finnenbahn, das blöken eines lamas vom nahen hof. über dir: der mond, sichelig in der samtenen finsternis: *moonlit winter clouds the colour of the desperation of wolves.* fahl das licht auf dem aus dem weiher ragenden bug des wracks: viennas ruderboot. catos warnung. deine weigerung, sie zu hören.

fred und loreto kriegen ein kind. es kommt an einem dienstag, nachts um zehn nach zwei: åbo. fred und loreto fragen ananke und dich, ob ihr paten sein wollt, und bei der taufe steht ihr nebeneinander am taufbecken, eure hände um åbos köpfchen schwebend, als sei es eine kristallkugel. ananke grinst dich an, und du musst das lachen unterdrücken, musst dich zusammenreißen, damit du den spruch aufsagen kannst, ausländers gedicht: *vergesset nicht / freunde / wir reisen gemeinsam / besteigen berge / pflücken himbeeren / lassen uns tragen / von den vier winden.*

eine geschichte, die ananke gefallen hätte: der bär ist zurück. angeblich: das ganze geschah in der nacht. im nebel. der bär: ein schatten, ein rascheln von blättern, ein knacken im unterholz. nichtsdestotrotz: der bär ist zurück. vienna und cato haben dich überzeugt. ananke ist fort, dafür ist der bär zurück.

jemand heiratet. wer, weißt du nicht so genau. vielleicht fred und loreto. oder helio und fran. ihr kinder schaut *könig der löwen*, spielt *der kleine vampir* in den turmräumen des schlosses und trinkt wein aus auf fenstersimsen vergessenen weingläsern. du bist da und deine geschwister, eden und egg. vienna ist da. ananke natürlich, vaska und ash. cato kommt spät und geht früh – oder umgekehrt. die erwachsenen tanzen, lachen. trinken. ihr windet euch zur musik der balkan brass band zwischen ihren beinen hindurch und klaut in den morgenstunden das brautpaar aus den klebrigen fängen der hochzeitstortenzuckerglasur.

als du das nächste mal nach hause fährst, erwarten dich auf dem schreibtisch in deinem alten zimmer die fotoalben aus eurer kindheit. ich dachte, sagt swann hinter dir im türrahmen, ich dachte, du wolltest vielleicht. danke, sagst du, doch eigentlich willst du nicht. du hast angst davor, angst vor der vergangenheit, die jetzt noch so ordentlich zwischen die albumdeckel gesperrt ist. doch als du dich später schlafen legst, sind in der dunkelheit die umrisse der alten erkenntnis ausmachbar, des wissens, dass die vergangenheit nie mehr irgendwo ordentlich sein wird, dass es hier nichts gibt, nichts geben wird, was dich nicht irgendwie an ananke denken lässt. es sind weiterhin umrisse, nicht mehr. begleitet von der frage, ob das gut ist oder nicht.

es ist sommer, als du aufwachst, vor dem fenster frühe dämmerung. du schlägst die leichte decke zurück, rennst nach
nebenan und schüttelst eden aus dem schlaf. aufwachen,
sagst du, heute ist der tag. in der küche steht swann und
streicht butter auf brote, belegt sie mit salat, mit gurken
und fleisch. zwei wasserflaschen stehen auf der küchenab-
deckung, eine bratwurst, ein cervelat, nektarinen. du setzt
dich an den tisch und trinkst einen schluck von der kalten
milch mit schokolade, kaust einen bissen brot, zu aufgeregt,
zu voller freude für hunger und durst. ein gefühl von schul-
reise überkommt dich, als swann zuerst eden und dann dir
ein weihwasserkreuz auf die stirn zeichnet, es küsst und euch
einen schönen tag wünscht, passt gut aufeinander auf. fred
und ananke warten bereits auf der straße auf euch, als ihr mit
euren rädern durch den garten und die einfahrt fahrt, und
unterwegs schließen sich euch auch vienna und cato an: eine
bande, eure bande. gänsehaut überzieht deine arme, als ihr
den hang hinab richtung hafen rast: es ist früh, es ist kühl,
doch der tag wird heiß: der erste sommertag nach einem
grauen, nassen frühling. am hafen folgt ihr fred zum boot,
dessen holzbug golden schimmert, dessen weiße segel sanft
im morgenwind wehen. du staunst immer wieder: fred ist nur
wenig älter als ihr, doch fred besitzt bereits ein boot. das boot,
die *oneiroi,* schaukelt, als fred vom steg auf das deck springt,
und du wirst ungeduldig, es drängt dich, es fred gleichzutun,
du schubst vienna, los, mach schon. fred dreht sich um und
sagt: die *oneiroi* ist mein boot, die *oneiroi* ist mein boot, und
wenn das heute gut gehen soll, dann gehorcht ihr mir. und
ausnahmsweise tut ihr genau das. als ihr den hafen verlasst,

du fährst mit dem finger über die kätzchen an den weiden-
ästen, die avi im garten geschnitten hat. ihre zartheit erinnert dich an das fell von muellers hasen, auf die ananke und
vienna und cato und du jeweils aufgepasst habt, wenn mueller
in urlaub fuhr. draußen: du bleibst, dein herz bleibt stehen
beim anblick der schneeglöcklein und krokusse unter dem
zwetschgenbaum, deine gedanken laufen gegen eine wand.
ananke hat hier. ihr habt hier. einst.

wegfahrt von euren schuhen, die auf der hafenmauer auf euch warten, kriecht die sonne eben über die berge im osten und blendet die frühen fischer beim leuchtturm an der hafenausfahrt. der himmel ist wolkenlos, doch nicht ohne dunst, und das nördliche ufer verschwindet darin, unsichtbar, nicht vorstellbar: der see euer meer. du setzt dich achtern aufs deck und lässt deine füße über die seite baumeln, und ananke setzt sich neben dich und sagt, toll, nicht, und du nickst, zu sehr pirat, um etwas zu entgegnen, zu sehr voll des wunders für sprache. als es gegen mittag zugeht, segelt ihr in richtung des naturschutzgebiets am östlichen ende der bucht. fred lässt dich den anker auswerfen, und ihr zieht eure kleider aus und schwimmt an land, euer mittagessen in freds seesack. ihr sammelt feuerholz, ihr steckt würste auf angespitzte äste, ihr legt euch auf dem schmalen streifen wiese zwischen strand und auenwald ins gras und lauscht, als ananke aus *la belle sauvage* vorliest. am nachmittag schwimmt ihr, ihr spielt federball, und ihr sucht anhand der karte nach dem schatz, den fred im wald versteckt hat, die goldmünzen geschmolzen, als ihr die blechkiste endlich findet. später ziehen wolken auf, weiche, weiße, wattige, die sich in der ferne zu bergen türmen, und der wind weht kräftiger. fred sagt, dass es spät wird, dass ihr zusammenpacken müsst, und natürlich nützt euer protestieren nichts, dass vienna sich versteckt und cato fred die zunge rausstreckt. als ihr zur *oneiroi* zurückschwimmt, schwimmst du langsam, jeder zug ein kraftakt, den deine arme und beine nur mühevoll ausführen, und du bist froh, dass fred dir ins boot hilft. ihr segelt nach westen dem sich rot färbenden himmel entgegen, und du merkst, dass du müde bist, müde in einem der fotoalben stößt du auf eure geburtskarten. links die von eden und dir, auf der vorderseite liest du in swanns handschrift *ich erwache im dunkeln, weil die vögel sich regen, ein murmeln in den bäumen, das flattern der flügel. es ist der morgen meiner geburt, der erste von vielen. löwen brüllen über tempel, und die erde bebt. aber es ist nur das morgen, das wache hält über das heute.* und als du die karte umdrehst, stehen da deine namen und die von eden und euer gewicht und eure größe und das datum eurer geburt. auf der rechten seite des albums die karte von ananke. vorn eine zeichnung von vaska: ein känguru mit einem baby-känguru im beutel. dann anankes namen und das gewicht und die größe und das datum von anankes geburt.

und schwer mit einem eigenartigen glück, mit dem gefühl, gleichzeitig in deinem körper zu sein und außerhalb, eins zu sein, ganz nah bei dir zu sein: traumgleich.

du schreibst an vaska: warum kängurus. vaska schickt bloß fragezeichen zurück. im gegensatz zu dir und vaska weiß das internet über kängurus bescheid: *der penis der männchen liegt in ruhe eingezogen und s-förmig gebogen in einer penistasche, die hoden liegen vor dem penis. weibchen haben zwei uteri und zwei vaginen und im gegensatz zu vielen anderen beutelsäugern einen dauerhaft angelegten beutel (marsupium). seine öffnung ragt nach vorne, und er beinhaltet vier zitzen. männliche kängurus haben keinen beutel.*

das erste, was ananke je für dich gebacken hat, war ein scho-
koladekuchen. heute kannst du das rezept auswendig: zuerst
hundert gramm butter und hundert gramm zucker und vier
eigelbe schaumig rühren. dann hundert gramm schwarze
schokolade mit zweiundzwanzig komma fünf millilitern wasser schmelzen und nicht ganz heiß zur eierbutterzuckermasse
geben. dann vier eiweiß zu eischnee schlagen. dann zweihun-
dert gramm gemahlene mandeln oder haselnüsse und vier-
zig gramm mehl und einen teelöffel backpulver zusammen-
geben. dann das nussmehlbackpulvergemisch lagenweise mit
eischnee auf die eierbutterzuckermasse geben und vorsichtig
mischen. den teig in eine gefettete springform von zwanzig
bis zweiundzwanzig zentimetern durchmesser geben und
bei schwacher mittelhitze fünfundvierzig minuten backen.
kuchen auskühlen lassen und oberfläche und seite gleichmäßig dick mit schokoladenglasur überziehen und nach be-
lieben mit smarties und zuckerguss und anderen zeichen der
zuneigung verzieren. so geht das.

eden und du habt seit tagen nicht miteinander gesprochen. wie geister schleicht ihr aneinander vorbei durch die räume eurer wohnung. alles sagbare scheint belanglos, und für alles nicht belanglose fehlen entweder die worte oder aber sie schmecken so bitter auf der zunge (andere brennen), dass du sie lieber ungesagt lässt.

zwei verwandte, folgenreiche gerüche sind: verbranntes fleisch und offenes feuer. sowie du feuer riechst, sitzt du auf dem graswall in eurem garten, gebaut aus den grassoden, an deren stelle nun eggs sandkasten steht. in eurer mitte brennt ein feuer, und ihr haltet würste und schlangenbrot in die flammen, und in der glut liegen kartoffeln in alufolie, die ihren glanz längst eingebüßt hat, matt schwarz der ruß. das gras steht hoch, vom gemüsegarten her riecht es nach fenchel und dem rot der tomaten, und von dahinter wehen stimmen in fetzen zu euch: du hörst swann und roan und mar, das klacken von pétanque-kugeln im schattigen kies, dazwischen die rufe, von avi, von bas, von thaïs und rho. feuer ist auch: radtouren zur flussmündung. seilspringen im halbdunkel. sommerabende ohne regeln. oder: der erste tag im august, das bootshaus am see. die sonne brennt auf deinen rücken, als du neben ananke auf das balkongeländer steigst, über der feuerstelle, über dem see; du greifst nach anankes hand, und ihr springt: du siehst das wasser auf dich zukommen, glasklar, fische zucken zwischen sich in der dünung wiegenden armleuchteralgen, die sonne reflektiert wie von einem spiegel. du schließt die augen, hältst den atem an: hand in hand. später: fleischfett tropft in die glut, bratwürste werden langsam braun. maiskolben. ein steak. auf deinem plastikteller ein ungeduldiger roter klecks, ein löffel von swanns kartoffelsalat, ein brötchen, angenagt. du trinkst einen schluck rivella aus dem bunten plastikbecher, auf dem dein name steht, und leckst dir mit der zunge über die lippen, fängst die salzkristalle der paprikachips ein. du sitzt zwischen vienna und vaska im gras, im kreis deiner freunde, alle inzwischen in einer neuen garnitur badezeug du fliehst in den wald, und als du dir sicher bist, dass du allein, da schreist du. du schreist, dass deine stimmbänder vibrieren, dass dir die winterluft eisig in die lungen beißt. du schreist, bis es in deinem kopf zu dröhnen beginnt. bis deine schreie von den bäumen zurückgeworfen werden, schließlich (nach und nach) vom schnee verschluckt. dein schreien geht in ein schluchzen über, in tränen, die auf deinen wangen zu salzigen rinnsalen gefrieren. blind (mit tränen, vor wut, gleichermaßen verzweifelt) kletterst du auf den hügel, auf dem ihr sommers stets, und als du dich aufrichtest, schimmert in der ferne, fahl sonnenbeschienen und gläsern, der see.

(roan besteht darauf; das nasse trocknet auf dem holzsteg, verliert seinen feuchten schatten schnell in der sommerlichen abendhitze). dann: lampions. funkenregen über dem see, auf dem hügel über der stadt: zur feier der nation. ein kopfsprung vom steg, und als du dich unter wasser umdrehst und in den himmel hinaufschaust, ist dir, als könntest du die milchstraße sehen. dabei: ein gefühl von zuhause. von ausnahmsweise zur richtigen zeit am richtigen ort.

eden begleitet dich, als du das erste mal hingehst: dr. med. ler ginsburg, traumazentrierte psychotherapie (emdr, ego-state, pitt), und über der tür sokrates: *aber ein ungeprüftes leben ist für einen menschen nicht lebenswert.* du sagst nicht viel, du sagst, ich weiß nicht, ich weiß nicht, was ich sagen soll. nach einer viertelstunde reicht ginsburg dir sontags *debriefing*, eine neue terminkarte und dann die hand. danke, sagst du, vielen dank, doch ich weiß nicht recht, wozu das gut sein soll. als eden dich fragt, und, wie wars, schüttelst du bloß den kopf, und ihr geht zusammen nach hause. du liest dann doch, natürlich liest du dann doch, und zwar liest du *it's a pleasure to share one's memories. everything remembered is dear, endearing, touching, precious. at least the past is safe – though we didn't know it at the time. we know it now. because it's in the past; because we have survived.* und natürlich gehst du dann hin, gehst zum zweiten termin. du redest, you share your memories, und dann lässt du dich von ginsburg krankschreiben. das ganze erweist sich als sehr einfacher vorgang, kein theater, keinerlei diskussion. erst später kannst du es sagen, wie es ist: du erleidest deinen ersten zusammenbruch.

ein wiederkehrendes phänomen: in einer fremden stadt in einem museum lässt dich ein verlangen von überwältigender dringlichkeit wegen der hoffnungslosigkeit seiner befriedigung hilflos still stehen: ananke müsste hier sein, an deiner seite. ananke: ein mensch, der sich in städten gefangen fühlt, häuserschluchten entlangpirscht wie ein tiger in gefangenschaft, unruhig, unter strom. doch für sekunden lässt dich die überzeugung nicht los: hier könnte auch ananke ruhe finden, für den moment, für kurz: eine stundung der flucht.

in den wochen unmittelbar vor anankes tod hast du das erste mal ernsthaft mit dem gedanken gespielt, aus der gemeinsamen dachwohnung auszuziehen. und obschon ihr euch nie darüber unterhalten habt, so weißt du doch, dass dies auch eden nicht unrecht gewesen wäre. es waren kleine dinge, an denen du dies festgemacht hast, kleine bemerkungen, mit denen eden das terrain abzustecken, zukünftige verhandlungen über gemeinsame und getrennte besitztümer vorwegzunehmen schien. zum ersten mal wirklich bewusst wurde dir diese neue eigenart edens, als neben der orangen plötzlich eine blaue zahnpasta in eurem badezimmer stand: gesprochen habt ihr nicht darüber, doch du bist dir sicher, dass eden sich nicht nichts dabei gedacht hat. für dich bedeutete diese blaue tube eine versteckte zurückweisung, eine negation all der minuten, die ihr seit dem verlust eurer milchzähne täglich zähneschrubbend zusammen verbracht habt. heute: genauso wortlos, wie ihr anfang jahr übereingekommen wart, es wäre sinnvoll, in zukunft getrennte wege zu gehen, ist nun offensichtlich: ihr bleibt beide, wo ihr seid. die sprache fehlt euch noch immer, doch ihr kocht wieder öfter gemeinsam; ihr teilt euch die zahnpasta; und du holst eden vermehrt vom training ab, oder eden wartet nach der arbeit mit einer flasche weißwein auf dich, und ihr setzt euch an den fluss, zu den schwänen.

du rufst swann an und fragst, seit wann gibt es keine papillon mehr. was sagst du, sagt swann, ich verstehe dich kaum. du putzt die tränen von deinen wangen, schnäuzt die nase. papillon, wiederholst du, seit wann gibt es keine papillon mehr. du hast überall nach der vergangenheit gesucht, in den regalen der supermärkte, in denen der delikatessengeschäfte, beim discounter. das führen wir nicht, hat man dir gesagt, verzeihen sie, ich weiß nicht, wonach sie suchen, oder, es ist schon jahre her, seit wir zuletzt. es gelingt swann nicht, dich zu trösten: wie kann es sein, dass eure vergangenheit aus dem sortiment entfernt wird. und ohne dass du es merkst.

eden fragt dich, ob du gespendet hättest. blut. knochenmark.
eine niere. wenn es etwas geändert hätte, wenn ananke so.
ja, denkst du jetzt, ja: was für eine frage.

eure freundschaft lässt sich nicht zählen, nicht messen, ist nicht eine nummer, eine anzahl von schnittpunkten zwischen euren lebenslinien (die zum glück nicht geraden, nicht parallelen sind). es fällt dir schwer, eure freundschaft exakt zu lokalisieren. manchmal sitzt sie in deinen fingern, und du zeichnest muster in die luft, flüchtige buchstaben. bisweilen ist sie in deinen zehen zu verorten, wenn du nach einer gewitternacht noch vor sonnenaufgang barfuß durch das feuchte gras gehst, regentropfen wie perlen auf den halmen. oder sie vibriert in dir, in deiner mitte, deinem innersten, wenn das dunkel wie eine samtene decke über deinem entblößten ich liegt und du den atem anhältst.

doch nicht alles, nicht alles ist gut: seit einigen tagen wirst du im schlaf von einer unbekannten gestalt heimgesucht, in rotem gewand und mit tropenhelm. in der hand hält dieses es einen blumenstrauß, und während sich das hüfthohe gras im wind wiegt, hängt der saum des gewands bleischwer und unbewegt. bei näherem hinsehen erkennst du, dass die blumen alle vertrocknet sind, ihre farben ausgewaschen, die laubblätter zerfallen wie asche unter dem gewicht deines blicks. du hebst deinen kopf und siehst dich gespiegelt in den augen, die schimmern wie pfützen aus quecksilber. du öffnest den mund, willst fragen, wer es, was es ist, willst nach hilfe rufen. doch bevor du dazu kommst, spürst du, wie etwas in deine kehle vordringt, sich in dein inneres würgt und dort seine klauen in etwas gräbt, von dem du zu spät bemerkst, dass es dein ich ist, dein selbst.

vaska besitzt ein modellflugzeug, das ihr an windstillen herbst-
tagen auf der wiese hinter dem schulhaus fliegen lasst. vaska
hat das flugzeug selbst gebaut, aus balsaholz und mit einem
richtigen motor und einer fernsteuerung, und niemand außer
vaska darf es anfassen. ihr nehmt einen basketball mit oder
das kubb-set, doch oft sitzt ihr dann doch bloß oben am hang
im gras und schaut dem flugzeug zu. manchmal landet ein
gleitschirmflieger auf dem rasen, und dann lässt vaska das
modellflugzeug landen, und ihr helft beim zusammenpacken
des schirms.

es ist geradezu erbärmlich, wie dir das schlechte gewissen plötzlich den nacken hochkriecht. als ob. du denkst daran, wie du die elefanten gefüttert hast, als ananke. wie du im archiv zeitungen zu bündeln geschnürt und anschließend die an diesem tag retournierten bücher zurück an ihren platz im regal gestellt hast. als ob. als ob du etwas hättest. als ob du nicht schon viel früher zum telefon hättest greifen können. sollen. müssen. als ob du nicht in den nächsten zug in richtung süden hättest steigen können. als ob du nicht zehn-, hundert-, tausendmal gedacht hättest: morgen.

der fluss führt wenig wasser, und ihr balanciert über die steine in der furt auf die insel hinaus. die insel ist klein, dreißig meter lang maximal und nicht mehr als fünf meter breit: nichts als ein haufen schädelgroßer steine, eine hochwasserschutzmaßnahme. junge weiden und birken wachsen zwischen den grauen steinen hervor, die knospen an ihren biegsamen zweigen silberweich und rostrot. ihr sammelt trockenes schilfgras vom letzten jahr und schwemmholz im auenwald am ufer, und cato hat streichhölzer dabei. ihr sitzt um das feuer und esst die brote, die thaïs euch mitgegeben hat, und den kuchen, der von loretos geburtstag übrig geblieben ist. nach dem essen will eden schwimmen gehen. es ist erst märz, sagst du. ist doch egal, sagt vienna, und als die anderen sich die t-shirts über die köpfe streifen und aus den hosen steigen, ziehst auch du dich aus und watest hinter ihnen her in den eisigen fluss. später trocknet ihr euch mit dem moos ab, das die steine auf der krete der insel bedeckt, und dann setzt ihr euch wieder ans feuer und trinkt den heißen lindenblütentee aus roans thermosflasche und esst den restlichen kuchen. du legst dich hin, tief drinnen ist dir immer noch kalt, doch ananke hat dir einen pullover geliehen, und es dauert nicht lange, bis du – zur musik aus knisterndem feuer und fließendem wasser – eingeschlafen bist.

zuerst ist es kalt und dann nicht mehr. du stehst auf in der nacht und ziehst kleider an und gehst hinaus in den regen. die tage haben stunden nur ausnahmsweise, meist jedoch liegen sie brach. du suchst den zugang zum ort, an dem der wind nicht weht. wo es um dich, in dir ruhig wird. es zeigt sich: die fülle an erinnerungen erweist sich als segen und fluch zugleich. dir scheint, als existierte jede erinnerung zwei-, drei-, vier-, gar fünfmal, wiederholungen aus jahren. geburtstage, gemeinsame ferien, der fluch der tradition: die erinnerungen sind nicht deckungsgleich, ihr wachst in die höhe, in die breite, die ereignisse verschieben sich geografisch um entscheidende millimeter, sodass es unmöglich wird, sich an eine erinnerung zu erinnern: die jahre überlagern sich, die bilder werden unscharf an den rändern, die übergänge zwischen du und ich und umwelt werden durchlässig. wenn du zurückdenkst, geschieht zu viel zur gleichen zeit, und du bist enttäuscht vom resultat, von diesem konglomerat aus erinnerungswelten, die dir einzeln lieber wären. und du widersprichst eden, widersprichst aristoteles: das ganze ist nicht mehr als die summe seiner teile.

du knöpfst anankes hemd auf, ananke dir die hose. vienna sitzt am boden und streift sich schuhe und socken von den füßen, während cato und eden, bereits nackt, auf die uferbrüstung steigen. der see liegt bleiern im licht des halben mondes: der große see. vorsichtig schwappen die wellen auf euch zu, auf eure leichenblassen körper. kalt kriecht dir das wasser über die füße im kies. die beine hoch. so früh im jahr. cato spritzt in eure richtung. vienna an deiner seite schwankt. greift nach deinem arm, du stützt. ihr lacht. eden beginnt zu singen: *der mond ist aufgegangen, die goldnen sternlein prangen am himmel hell und klar.* seid still, sagt ananke, wir wollen nicht, wir wollen doch nicht. als der see dir zu den hüften reicht, stößt du dich ab. die ersten züge ins schwarz hinaus atemlos: dein brustkorb, deine lungen, dein hirn, irgendwo funktioniert etwas nicht. vienna lässt sich auf dem rücken treiben. catos haar glänzt augenblicklich golden im schatten der nacht. ihr schwimmt zwischen den steinernen pfeilern der badeanstalt hindurch. durch die ritzen in den holzplanken werden zwinkernd sterne sichtbar. ananke, ein schuppenloses reptil, klettert auf das nächste floß. du drehst dich zum ufer um, wo eure kleider in haufen, die lichter der stadt. du legst dich neben eden auf den rücken. auf deiner anderen seite schlottert cato, vienna klappert mit den zähnen. still jetzt, sagt ananke, einfach still. und zu fünft lauscht ihr in die finsternis und werdet eins mit der nacht.

das wasser schäumt weiß, dort, wo es über das wehr schießt und in das becken darunter. menschen sonnen sich, baden: nackt, in unterwäsche. die körper abstoßend winterlich weiß, fleisch quillt in rollen über hosenbünde, haare auf beinen und gänsehaut. in der mitte des flusses, wo das wasser am tiefsten ist und die strömung stark, schimmert ein schiefriges grau. vögel singen in den bäumen, zwischen deren wurzeln kräftig grün der bärlauch sprießt. gegen das ufer, wo bemooste steine aus dem niedrig stehenden wasser ragen, hat der fluss die farbe von guinness, goldig schimmernd findet die sonne darin ihren weg zum grund. feuer in geringen abständen. freuden. gedenk. mahn. du fragst dich. rauch: der geruch nach verbranntem fleisch liegt in der luft.

du sitzt in einem zug, von hier nach da, mit dem rücken in fahrtrichtung. draußen zieht eine landschaft vorbei, wie es sie vielleicht zwischen london und glasgow gibt. immer wieder: schafe. und der himmel ist blau. an einem verlassenen bahnhof erinnern dich nachtkerzen an die dicht aufeinanderfolgenden tode des jahres zwanzigzwölf: leto. misrot. emian. an das piepsen der maschinen im krankenhaus, den letzten händedruck. an die schlaflosen nächte, die aufgekratzten beine, dem ersticken nahe in den hitzebetäubten sommernächten. während draußen weiter, als wäre nichts: rollende hügel. purpurnes heidekraut. und die schafe sind weiß und der himmel blau.

erdbestattung: der körper wird aufgebahrt, aufbewahrt (wie lang, bei welcher temperatur). fremde hände entkleiden. lassen das blut abfließen und ersetzen es durch konservierungsflüssigkeit (reine chemie, keinerlei magie). betten glieder in särge (auf seide, auf watte, auf wolken – wen kümmerts, tot ist tot). dann: der deckel. das erdloch. die dunkelheit. der zerfall. das getier. es wird nichts übrig bleiben.

du hast vorgehabt, in den fluss zu pinkeln, während ihr euch mit der strömung dahintreiben lässt, doch das wasser ist so kalt, dass es dir augenblicklich den atem verschlägt, dein unterleib zieht sich zusammen, der schock lässt dich jeglichen harndrang vergessen. nach kurzer zeit schon krampft dein linker unterschenkel, und du spürst, wie die muskeln in deinem fuß kontrahieren. nur mit viennas hilfe gelingt es dir, wieder ans ufer zu klettern. nach atem ringend setzt du dich in der sonne auf einen umgestürzten baumstamm und massierst deinen fuß. die anderen lachen. weichei, sagt vienna und klopft dir auf die schulter. krüppel, sagt cato. klumpfuß, sagt eden. ananke sammelt feuerholz und schweigt.

kremation: das gleiche theater (oder etwa nicht). nächster schritt: der ofen. die hitze. flammen züngeln über eine wächserne stirn. herzschrittmacher schmelzen. brüste aus silikon. künstliche hüftgelenke explodieren. das quecksilber deiner zähne: nichts als schall und rauch (der eingeatmet wird von denen, deren herz weiterschlägt). asche mischt sich mit der asche der vorangegangenen, mit den partikeln, die noch in den ritzen des ofens hängen. dann: erdloch. oder: urnenregalfach. oder: kommode im wohnzimmer derer, die dich einst.

es ist ein freitag, spät im november, und nach der schule am nachmittag gehen eden und du durch die eindunkelnden straßen zu ananke nach hause. es riecht nach wald, als ihr die tür aufdrückt, und aus der küche erreichen euch die stimmen von roan und swann. ein ast mit vierundzwanzig daran baumelnden stoffsäckchen hängt im flur an der wand, laternen brennen in den fenstern, und acht kerzen stehen auf dem küchentisch, dunkel rote und cremeweiße. der duft kommt vom moos und von den tannenästen, vom efeu und den büscheln schuppiger thujablätter, die swann und roan mit draht zu kränzen binden. ihr kriecht am fernen ende des tisches zu vaska, ash und egg auf die bank, mandarinen liegen bereit, es gibt zimtbrot und für jeden von euch eine tasse heißen punsch. deine zehen und deine nase sind ganz kalt, ganz rot von der kälte draußen, doch langsam wird dir warm, und während du vaska zuhörst, während vaska euch die pläne für den nächsten tag darlegt, kerzenziehen und schlittschuhlaufen, beobachtest du, wie swann die vier weißen kerzen auf dem einen adventskranz feststeckt und roan die vier roten auf dem anderen.

alkaline hydrolyse: kein theater. stattdessen: vier stunden immersion in hundertfünfzig grad flüssigkeit (liquifying). dann: tank ausspülen. zähne entsorgen. herzschrittmacher und silikonimplantate rezyklieren. die knochen: pulverisieren und über der bucht aus dem hubschrauber ein teil des himmels werden lassen.

die wochen in südfrankreich: erstmals urlaub ohne eltern, erstmals unterwegs mit interrail: über lyon und avignon nach marseille, dann westwärts über montpellier und carcassonne nach toulouse. das ganze jahr über habt ihr gespart auf diese reise, habt zusammengesessen, um die route zu planen und nach campingplätzen zu suchen und, natürlich, um *carcassonne* zu spielen. am ersten feriensamstag bringt bas euch in die stadt, damit ihr den zug erwischt, und dann seid ihr weg. lange zeit geht alles nach plan, das wetter ist gut, die leute sind freundlich und hilfsbereit, und bei den meisten entscheidungen seid ihr euch einig. dass du dir mit ananke und eden das große zelt teilst, versteht sich von selbst, und wenn ihr fahrräder mietet oder sonst ausflüge macht, tut ihr das manchmal auch in zweier- oder dreiergruppen, niemand soll schließlich, was er nicht will. nach dreieinhalb wochen kehrst du früher als geplant und allein zurück, doch als swann und avi wissen wollen, was passiert ist, sagst du, nichts. du weißt, dass eden dasselbe sagen wird zehn tage später, dass eden bloß den kopf schütteln und sagen wird, nichts ist passiert, absolut gar nichts, ich weiß von nichts, wir hatten es supergut. wie soll eden auch anders reagieren, wo du doch nichts erzählt hast, niemandem gesagt hast, was passiert ist. doch als ananke und du von montpellier aus eine wanderung im massif de la gardiole macht, zwanzig kilometer zum pioch noir und roc d'anduze, da … doch nein, wozu auch: es würde dir ja ohnehin niemand glauben.

du hast schon früher zu schreiben versucht, doch erst jetzt, nach anankes tod, finden dich die worte so, wie du dir das immer vorgestellt hast. deine bisherigen texte waren nur raffiniert konstruierter plot ohne substanz, jeder satz mit so viel geduld und umsicht redigiert, dass deine geschichten teflon glichen: nicht spiegel für den leser, nicht fenster in eine neue welt. nun setzt du dich hin, nimmst den stift zur hand und schreibst. du fragst nicht, was jetzt anders ist, du schaust ausnahmsweise nicht so genau hin: aus angst, nach ananke auch diese neue stütze zu verlieren.

eines nachts, schlaflos in einer berghütte liegend, versuchst du, all die gasthäuser zu zählen, in denen ihr gemeinsam bereits gewesen seid. all die hotels, in den bergen, am strand, in frankreich, italien, auf dem balkan. all die restaurants, in denen ihr auf wander-, auf rad-, auf schlitteltouren halt gemacht habt, apfelsaft und heiße schokolade trinkend, pommes chips und kägifret und ein eis ums andere essend. bauernschenken, schwimmende und sich drehende lokale, in denen die stunden ohne euer zutun vergingen, jassend, streichholztürme und kartenhäuser bauend, die ausnahmslos alle eingestürzt sind.

wenige wochen nach anankes tod schiebt eden mehrere kartonschachteln vom treppenabsatz in eure wohnung. was ist das, fragst du. anankes leben, sagt eden, was von anankes leben von vor der flucht noch übrig ist. und jetzt, fragst du. roan hat uns gebeten, die sachen durchzusehen, dich und mich. hilfst du mir. du setzt dich neben eden auf den fußboden, in das rechteck aus fahlem frühlingslicht, das die sonne durch das fenster in euer wohnzimmer wirft. eden ist radikal, packt aus, packt wieder ein und markiert die kartonschachteln für die abfuhr, für den laden der caritas. halt, sagst du mehr als einmal und versuchst, mit wenig überzeugung, den lauf der dinge aufzuhalten, ich bin sicher, ananke hätte nicht gewollt, dass. es spielt keine rolle, sagt eden unsentimental, es spielt keine rolle mehr, was ananke vielleicht. eden beendet den satz nicht, schluckt schwer, schluckt auch tränen.

willst du kinder, fragt ananke dich, ihr sitzt auf dem dach, und regen zieht aus norden über die stadt. du zuckst mit den schultern, meidest anankes blick, das habe ich mich so nie gefragt, sagst du, ich meine, jetzt sicher nicht, und ob später. du, fragst du dann. eines, sagt ananke, eines mindestens, und ich nenne es glass. warum, warum glass, es scheint dir ein ungewöhnlicher name, so ohne wurzeln, nicht verortbar irgendwie. jetzt zuckt ananke mit den schultern, weiß nicht. ich habe einmal ein buch gelesen, vielleicht deshalb, und wenn ich glass sage, wenn ich das höre, dann sehe ich vor mir einen schwan, so auf dem wasser, weißt du, früh am morgen, und das scheint mir gut. du nickst bloß und nimmst noch einen schluck bier. später suchst du im internet, tippst *glass* und *first name* und klickst auf den ersten treffer: *your name makes you independent, practical, and patient; you are fussy about details and seek perfection in whatever you undertake; weaknesses in the health centre in the head; glass is not a popular first name.*

am ende behältst du einzig anankes siebenundzwanzig mo-
diano-bücher in eurer wohnung. du stellst sie auf das bord
über deinem bett, chronologisch geordnet von *la place de
l'étoile* bis *pour que tu ne te perdes pas dans le quartier*. du
liest die bücher noch einmal, langsam, mit einer neuen aufmerksamkeit. immer wieder markierst du seiten oder unter-
streichst ganze passagen mit bleistift, zum beispiel *est-ce que
nous avons le droit de juger ceux que nous aimons? si nous les
aimons, c'est bien pour quelque chose, et ce quelque chose nous
defend de les juger. non?* warum machst du das, fragt eden, ich
meine, früher hättest du das als buchschändung bezeichnet.
ich will verstehen, sagst du, ich muss das mit ginsburg diskutieren, und du knickst die ecke um, damit du nächste woche
ginsburgs meinung einholen kannst: *une piqûre d'insecte,
d'abord très légère, et elle vous cause une douleur de plus en
plus vive, et bientôt une sensation de déchirure. le présent et le
passé se confondent, et cela semble naturel puisqu'ils n'étaient
séparés que par une paroi de cellophane.*

die flucht nach süden ist nicht das erste mal, dass ananke aus eurem kreis auszubrechen sucht. für den tag, an dem die resultate der aufnahmeprüfungen fürs gymnasium eintreffen sollen, plant ihr eine radtour ins naturschutzgebiet jenseits der grenze: doch ananke taucht zum verabredeten zeit- nicht am verabredeten treffpunkt auf. der tag ist noch jung, ihr wartet beim trafohäuschen. nach einer halben stunde isst vienna das erste sandwich, und als die sonne über die berge im osten kriecht, streicht eden noch einmal sonnencreme ein. die drei kirchenuhren schlagen die nächste volle stunde, und cato sagt, ananke hat verpennt. nein, sagst du, nicht ananke. was dann, was ist los. du zuckst mit den schultern: es muss etwas passiert sein. sag ich doch: ananke hat verpennt. ich fahre zurück und frage, sagt eden. nichts da, sagt vienna, wir fahren. cato setzt die sonnenbrille auf, eden blickt ohne in die sonne, und vienna knüllt das sandwichpapier zusammen. du merkst, dass deine bedürfnisse den anderen mal wieder ziemlich egal sind: ihr fahrt los. als ihr, kurz vor sonnenuntergang, zurückkehrt, stehen avi und bas auf der straße, zwischen den häusern, rauchend. ananke ist fort, sagt avi. bas nickt, schüttelt den kopf, fährt sich mit der hand durchs haar. ist es wahr. es ist wahr. ash findet den brief stunden später im katzenkorb: ananke ist auf dem weg nach paris. zu arlo. wie ananke schreibt: ich glaube, mein ich im hiesigen hier und jetzt gefunden zu haben. die inhärente unsicherheit dieser stabilität erzwingt eine evaluation der parameter unter adaptierten umständen. bas rauft sich die haare und trinkt mit avi noch ein bier. fred und vaska und ash sitzen mit euch im dunkeln und gehen den fragen aus dem weg. roan klopft auf euren der weiher, heute: ein dunkles, warmes grün. froschlaich hängt in trauben im seichten wasser in ufernähe. streichholzlange fische im schatten des stegs, in der sonne. du folgst dem kleinen zufluss den hügel hinauf. lauschst dem plätschern. die bäume noch laublos, zartgrün, silbern fast lugen transparente blättchen aus knospen hervor. pollenbestäubte kätzchen an den weiden. weiß die blüten am schwarzdorn (denk an spinoza). weiß die stämme der birken auch, ihr umfang deine taille. über die straße, an gärten vorbei. eine familie sitzt auf der terrasse beim mittagessen. die haustür steht offen, und du siehst durch das haus und zu den geräuschen. dem lachen. den schöpflöffeln auf weißem porzellan. dem sprudelnden wasser, das in trinkgläser fällt. du denkst an nachmittage in gärten, frühlings. an stunden im schatten von bäumen, in besonntem, blumenumgarntem grün. du riechst junge tannentriebe. feuchte erde. früh im jahr sonne auf haut (sommersprossen). ein klumpen bildet sich in deinem bauch, zwischen magen, dünn- und dickdarm. ein schmerz, der die speiseröhre hinaufkriecht. dir die worte stiehlt, die abbilden könnten, was gerade. was gerade nicht. was in dieser form nie mehr: eine familie.

küchentisch und versteht die welt nicht mehr. die aufregung konzentriert sich insbesondere auf einen satz anankes: arlo ist familie, aber nicht zu sehr. von wegen, sagt roan, arlo war, arlo ist nicht mehr, ich meine, es kann doch, ich verstehe mein kind nicht mehr. in dieser nacht liegst du wach, dein kopf voller fragen: mag sein, dass ihr in letzter zeit weniger oft. mag sein, dass eden mehr mit cato, dass vienna generell zu (w)irr, mag sein, dass deine neu entdeckte faszination für psycholinguistische fragen die distanz zwischen ananke und dir. doch das alles erklärt nicht warum. hätte man nicht reden können. hätte es nicht eine lösung gegeben, die weniger: weniger disruptiv. dann schläfst du ein, und als du aufwachst, lachst du über deinen traum. doch es ist kein, nein, es ist wahr: ananke ist weg. ananke bleibt weg, für sechshundertzweiunddreißig tage. einmal im monat ein anruf daheim. ananke beantwortet fragen mit ja oder nein, erzählt jedoch nicht, zeigt selbst keine neugier. auch: keine eile, nach hause zurückzukehren. was heißt *zuhause*, schreibt ananke in einem brief an dich. aus anankes paris-briefen – briefe, die bald nur noch aus bildern bestehen, aus bildern und notizen auf der rückseite, ortsangaben, daten, ähnliches –, aus den briefen lernst du: bei arlo entdeckt ananke eine passion für bryophyten und für fotografie, assistiert bald bei der arbeit: zuerst kameras, stative, lichtschirme tragend, dann in der dunkelkammer, schließlich hinter der kamera, mitunter davor. *boulevard richard lenoir, 0314 heures. hamatocaulis vernicosus, 3 février. ciel avec étoiles:* zeitlos, ortlos, als wäre dies die einzig gültige aussicht, überall, immer. du öffnest die briefe manchmal tagelang nicht, und du schreibst nicht zurück. du weißt, dass es sinnlos wäre, später, in der dämmerung, springen die fische aus dem wasser und schnappen nach den mücken, die tief über der oberfläche schweben; die biber zeigen sich nicht.

deine fragen zu stellen, und zu erzählen gibt es nichts: du stehst morgens auf. du gehst zur schule. du kommst nach hause. du lernst. und dann lernst du oren kennen und – das erste mal in deinem leben hast du das gefühl, dass ananke nicht alles zu wissen braucht. als ananke nach sechshundertzweiunddreißig tagen aus paris zurückkehrt, ist die welt keine andere. niemand fragt, wo warst du, niemand sagt, schön, dass du wieder da bist. ananke bleibt zu hause und lernt und beginnt nach den sommerferien zwei klassen unter euch am gymnasium. zwar hat die ananke-förmige wunde in eurem kreis langsam zu heilen begonnen, ein erster schritt der vernarbung, doch der prozess erweist sich als umkehrbar: es dauert, es schmerzt, doch dann ist bald alles wieder, wie es nie war. die briefe in der keksdose unter deinem bett. die offenen fragen. der rhythmus der wochen, in denen es ananke für euch nicht gab.

mit dem ende der schulstunden kehrt leben in euer tagsüber so stilles viertel zurück. kinder lachen, trampolinfedern ächzen, fußbälle, die von der rückwand des wartehäuschens abprallen, oben bei der endstation der straßenbahn. du sitzt neben eden auf dem balkon, eure füße baumeln zwischen den gitterstäben des geländers hindurch, gegen das du deine stirn presst. du trinkst einen schluck von dem gespritzten weißwein, während in einem garten jemand laut von fünfzehn an rückwärts zählt, und du weißt nicht, was dich mehr durcheinanderbringt, diese fremde stimme, die zahlen in die hineinbrechende nacht ruft, oder die durch die sich in der abendbrise wallenden weißen vorhänge dringende melodie von *who by fire*. mir ist, als wärs erst gestern gewesen, sagt eden, und obwohl du nicht weißt, wovon eden spricht, nickst du, denn: es spielt keine rolle, wovon eden spricht: es ist alles, als wäre es erst gestern gewesen. oder erst morgen.

ihr sitzt im schrebergarten von viennas eltern im gras und flechtet gänseblümchen zu girlanden. vorher habt ihr unter mars aufsicht bärlauch gesammelt, in der schattig feuchten schlucht hinter der gartensiedlung, in deren rinne ein alter mühlbach vom hügel richtung see rauscht. du flechtest deine girlande und willst sie eden aufsetzen, das würde schön aussehen, denkst du, die zarten weißen blumen in deines zwillings wirrem dunklem haar. doch eden schüttelt den kopf und dreht sich weg. du streckst eden die zunge raus und setzt deine krone stattdessen ananke auf. danke, sagt ananke und verbeugt sich vor euch.

ich bete für euch, sagt nani, für eden und dich. und natürlich auch für egg und avi und swann. ich kann nicht mehr viel tun für euch, außer eben beten. jeden tag. der herrgott … du hältst den hörer etwas weiter von deinem ohr weg und zählst leise auf zehn, auf deutsch, französisch, englisch. … in der kathedrale eine kerze für jedes von euch … wie einfach das leben sein muss, denkst du, wenn man glauben kann. wenn man tatsächlich überzeugt ist von diesem kack, von einem gütigen, liebenden gott, der für gerechtigkeit sorgt. der hirte für seine herde. wie kommt es dann, dass ananke; wie kommt es dann, dass das artigste lamm. franz von assisi, du weißt nicht genau, was mit franz von assisi passiert ist, doch du bist dir ziemlich sicher, dass gott mit franz mehr gnade gehabt hat als mit ananke. doch wo ist der unterschied, wenn alle menschen gleich, wo ist dann der unterschied. es dürfte keinen geben, es dürfte nicht sein, dass ananke bereits. dass ananke bereits nicht mehr.

das jahr zweitausendunddrei, der hitzesommer, der jahrhundertsommer, all die in der hängematte verbrachten nächte, dunkel zwischen den zwetschgenbäumen. zwischen den strohigen grashalmen in eurem garten graben sich risse in die erde, anzeichen, überbleibsel eines erdbebens, malst du dir aus. doch die hitze selbst, das gefühl von zu warm und zu lang und keine luft und wie überlebe ich, das gibt es nicht, du spürst anders, spürst vielleicht gar nicht. was den sommer prägt: die vielen unfälle, die vielen male, die du irgendwo in einem krankenhaus, in einer arztpraxis, in einem sanitätsraum liegst. die angeknackste nase, nachdem dir vaska, als du unter dem floß auftauchst, auf den kopf springt; verbrennungen an hand und arm, zugezogen am ersten august; die hirnerschütterung, das brummen im kopf, ihr spielt fangen, und du rutschst auf dem nassen gras um eggs kinderplanschbecken aus; deine blaurotgrüngelben finger, nachdem vienna beim spielen am bach ein stein aus den händen rutscht und dir zwei mittelhandknochen bricht; und schließlich ist da griechenland im herbst, ist da die qualle, auf die du am strand trittst, ist da die zeit im krankenhaus: ein sommer, dein sommer; ein körper, der nicht mehr der deine ist, sich deiner kontrolle entzieht.

die spaziergänge, die du zuvor mit ananke gemacht hast, machst du jetzt meist allein. als cato dich einmal begleiten will: du bist anfangs nicht darauf gefasst, wie offen cato über anankes tod spricht. über das, was dieser tod für euch bedeutet. über die lücke, die entstanden ist und die, in einem ersten schritt, akzeptiert werden muss. nicht gefüllt. dann sagst du dir: so geht das also. das hat cato in der therapie gelernt, in all den wöchentlichen stunden über die jahre. cato ist es gewohnt, sich diese fragen zu stellen. wie steht das ich zum wir. zum sie. wer bin ich gegenüber dem du. kann das ich allein. du denkst an ginsburg und dich; du schweigst, hörst zu.

ihr raucht zusammen eure erste zigarette: das gewicht der roten kartonschachtel in deiner hand, der indianer im profil, die gelb-schwarze schrift. ihr sitzt auf einem lüftungsschacht auf dem spielplatz, grau und grün dominieren. grau der himmel, die häuser der wohnsiedlung, der spielplatz selbst: das metall der spielgeräte, die bodenplatten aus beton. dazwischen grün: das gras, das durch die plattenritzen wächst, die algenteppiche an den fassaden. du schiebst den deckel von der schachtel, weiß die zehn zigaretten zwischen euch. du streckst sie vienna entgegen, dann eden, ananke, cato; greifst dir selbst eine: überraschend leicht. cato legt ein feuerzeug in eure mitte, was die anderen kichern lässt. du hebst den glimmstängel an deine lippen, ein aufgeregtes, von erwartung durchwebtes zittern unter euch: was für ein theater. du inhalierst, hustest eine weiße wolke aus, was deine freunde erneut zum lachen bringt, diesmal ungehemmt. du hustest noch immer, als ananke bereits das weiße papier von der zigarette pult und sie sich quer in den mund stopft. noch eine, bitte, sagt auch cato und greift nach dem roten karton. schließlich bist auch du so weit und tust es den anderen nach, schiebst dir die zigarette in den mund und greifst dir eine zweite. am ende des nachmittags sammelt ihr die papierchen ein und werft sie in den müllkorb hinter der rutschbahn. ihr seid euch in eurer enttäuschung einig: so famos schmecken die zigaretten nicht. und wichtiger: die weiße kaumasse ist zäh und zum blasenmachen kaum geeignet.

als du nach hause kommst, sitzt egg bei euch in der küche und weint. was ist los. egg erinnert sich nicht, sagt eden, neben egg am tisch sitzend, eine hand tröstend über eggs schulter streichend, ratlos auch. egg blickt auf und dich an, die augen gerötet, und sagt, ich habe es vergessen, ich weiß nicht mehr, wie anankes hase hieß, der mit dem schwarzen, der mit dem samtenen fell und dem haselnussbraunen bauch.

der herbst war nass und kalt, und auch heute hängen die wolken schwer über den häusern, doch ausnahmsweise regnet es nicht. du hast kaum den letzten löffel suppe, das letzte stück brot geschluckt, als es schon an der wohnungstür klingelt. dürfen wir, fragt eden zwischen zwei bissen, avi, swann, dürfen wir. ihr dürft, die beiden nicken, und ihr boxt euch in eure fleecejacken, hastig, ungeduldig, vor der haustür steht vaska und winkt. die anderen warten auf der straße auf euch, ihr setzt alle eure helme auf, und schon geht es los, nach osten zuerst, dann den berg hinauf und über die ebene. ihr durchquert den wald und fahrt dann zwischen den koppeln mit ghiraffs alten pferden hindurch und in den nächsten wald, schnell um die kurven, schnell über die brücken und wurzeln im weg, bis die bäume sich lichten, bis ihr euer ziel erreicht. seit dem tod von roans eltern steht das alte haus leer – es wird noch lange leer stehen, bis jahre später fred mit loreto einzieht, mit oregon und åbo. ihr parkt eure fahrräder in der alten garage, und während fred das scheunentor aufschließt, schaust du dich um. über den sommer habt ihr euch um den garten gekümmert, die alte scheune aufgeräumt, ihr habt totes holz und rostiges gartengerät weggebracht, den rasen gemäht und den weg zum bach hinter dem haus freigeschafft: du kannst ihn hören, kannst zwischen den stämmen der bäume hindurch sehen, wie voll er ist, dass die sträucher ganz am ufer bereits im wasser stehen. mit bas' hilfe habt ihr den kaputten rasenmäher und die alten sportgeräte entsorgt, die seit jahren niemand mehr benutzt, rostige fahrräder, plumpe fußbälle und holzige skis. ihr habt die fenster abgedichtet und alte tischtücher und vorhänge an die wände gehängt wie jeden montag seit beginn des semesters triffst du dich auch heute mit vienna und cato hinter dem alten güterbahnhof: ihr trefft euch und macht euch auf den weg zu eden, um gemeinsam den zeitpunkt von anankes tod, gemeinsam diesen moment. noch scheint die sonne, als ihr heute zusammenkommt und dann den berg hochwandert zur klinik, wo eden vorlesung hat. schweiß dringt aus deinen poren, ein unwahrscheinlich früher sommer, und der wind, der übers wasser zu euch weht, bläst dir das haar in die stirn. die klinik trohnt auf halber höhe am hang, in wiesen, zwischen obstbäumen, die blühen, und pollenwolken dringen durch die offenen fenster in den saal, in dem die studierenden bereits sitzen, als ihr euch zwischen sie schleicht: blütenstaub wie puderzucker auf den schwarzen armlehnen aus bakelit. du setzt dich neben eden ans fenster, die sicht auf eine wiese, die eben gemäht wurde, dahinter der see, die bergkette am gegenüberliegenden ufer. ihr sitzt zu viert, ihr haltet euch an der hand, und du hörst nicht zu, als jemand von russischen entführungsopfern erzählt, denen epilepsie das leben gerettet hat. ihr haltet euch immer noch an der hand, als das gerede plötzlich abbricht und man euch bittet, den saal zu verlassen: anschauungsunterricht im überwachungsraum. der weg führt über das klinikgelände, an einem spielplatz, einem gartencafé vorbei, überall der geruch nach krankenhaus, nur schwach verdeckt von demjenigen nach frisch gemähtem gras. dann steht ihr, vienna und cato und eden und du, hand in hand am rand der gruppe, blickt durch ein als spiegel getarntes fenster in ein zimmer, in dem die epileptiker warten, und sowie eden deine hand fester drückt, weißt du, dass jetzt der moment, gegen den wind. ghiraff hat euch stroh vorbeigebracht, mit dem ihr jutesäcke gestopft und einen koben zum schlaflager umfunktioniert habt. teppiche liegen auf dem boden aus gestampfter erde, ein elektrischer heizofen hält euch warm. in der küchenecke gibt es den alten tisch und stühle aus dem haus, an der wand den kühlschrank, den ihr dem ruderclub abgeluchst habt, und zwei kochplatten auf einer apfelkiste aus holz. darüber stehen auf einem brett teller und tassen und eure vorräte an schokoladenpulver, keksen und lang haltbarer milch und auf einem anderen ein radio und eure spiele. ihr bringt eure rucksäcke in die scheune und macht euch an die arbeit: ananke und du lest die wal- und haselnüsse im gras zusammen und legt sie auf zeitungen zum trocknen aus; eden und vienna sägen mit freds hilfe die bretter für die baumhütte zurecht; und vaska und cato jäten das unkraut im gemüsegarten und auf dem kiesplatz zwischen scheune und haus. als es doch noch zu regnen beginnt, zieht ihr euch in die scheune zurück. fred kocht milch auf, und cato reicht kuchen herum, und dann trinkt ihr heiße schokolade und spielt bis zum eindunkeln *siedler von catan.*

exakt so und so viele wochen nachdem ananke das letzte mal
ein-, das letzte mal aus-, und du stehst da und blickst, und du
sagst dir, dass es keinen sinn haben muss, keinen zweck, dass
es um das sein geht, um das atmen und denken und fühlen,
und dass sich nichts ändert dadurch, dass an der wand eine
savannenfotografie hängt, auf der affenbrotbäume ihre kronen in einen rosaroten sonnenuntergang strecken; dass in
einem bücherregal kinderbücher stehen und farbstifte und
ein gelbes feuerwehrauto; oder dass an der decke kameras
hängen, mikrofone: zur aufzeichnung der anfälle. dann lässt
du edens hand los und gehst in den raum hinein, gehst durch
die menschen hindurch und stellst dich ans fenster, lehnst
dich mit der stirn, mit deinem ganzen gewicht gegen das glas.
du schließt die augen, kneifst sie fest zu, wie jeden montag,
wie immer um diese zeit: vielleicht wird ananke, vielleicht
kommt ananke, vielleicht klappt es dieses mal. und als du
die augen wieder öffnest, geht über dem see der himmel zu
bruch, entlädt sich ein blitz, lässt donner die fensterscheiben
vibrieren.

du träumst. du träumst, dass avi und swann noch einmal eltern werden. sie holen das neue kind beim puppenmacher in
der altstadt an einem sonnigen frühlingstag. das neue kind
hat blaue augen und rote wangen und blondes haar, und ihr
tauft es auf den namen moss.

auf dem weg zu ginsburg liest du einen artikel über nashörner in der *new york times*: *white rhinos and black rhinos are diffe-rent species, and contrary to popular belief, both are gray.* du fragst dich, ob deine kopfschmerzen daher rühren, dass du zu viel oder zu wenig trinkst. alles, wonach es dich verlangt, ist betäubung. dass du einschläfst, und wenn du wieder auf-wachst, ist alles vorbei, ist da nichts mehr.

ihr sitzt um einen tisch, im kerzenlicht. draußen ist es kalt, doch euer licht ist warm, golden, es leuchtet von euren gesichtern. es ist ein abschied, es ist der abschied von: es spielt keine rolle, wessen abschied es ist. auf dem tisch steht bier in braunen flaschen, salznüsse, spielkarten fächerartig. jemand erzählt eine geschichte von salva und tizi aus syracuse, jemand war kürzlich in berlin, und jemand macht ein foto mit dem telefon. im blitzlicht pocht dein kopf, die schläfen, der puls der zeit. später zieht ihr weiter, um die häuser, durch die gassen. die nacht beißt sich kalt in eure aufgeheizten gesichter. im osten wird der himmel langsam leicht, grün und gelb und pfirsichen hebt sich die nacht: es ist noch nicht, es ist bald ein neuer tag. jemand legt dir einen arm auf die schulter, küsst dich auf die lippen, auf die stirn. es gibt mehr bier. es gibt pingpong. es gibt freundschaft. und auch, auch gibt es zeit: viel zeit; und den luxus, ihr nicht zu gehorchen.

in edens vorlesung lernt ihr über das funktionieren des gedächtnisses, die struktur von erinnerungen: dass sie zwiebeln ähneln. der mensch kann eine erinnerung besitzen. der mensch kann sich erinnern, dass er diese erinnerung besitzt. der mensch kann sich erinnern, dass er erinnert, dass er diese erinnerung besitzt. man spricht von: den ebenen des bewusstseins. ihr lernt: nur wenige menschen erreichen höhere bewusstseinsebenen (können oder wollen es). ihr lernt auch: dass jede bewusstseinsebene in eine neue lage von neuronen eingeschrieben wird. die ursprüngliche erinnerung, das kernneuron, sitzt im innersten der zwiebel. die erinnerung an die ursprüngliche erinnerung legt sich als erste schicht von neuronen um den kern der zwiebel. die erinnerung an die erinnerung an die ursprüngliche erinnerung folgt als zweite schicht, als mantel von neuronen um die neuronen um den kern der zwiebel. und wenn die ursprüngliche erinnerung schwindet, wenn das neuron im kern der zwiebel stirbt, sterben auch die umliegenden neuronenschichten ab, langsam, aber unaufhaltsam. es folgt: je mehr bewusstseinsebenen du erreichst, umso mehr schichten von gedächtnisneuronen legen sich schützend um den kern deiner erinnerungszwiebel; umso länger dauert es, bis sich deine ursprüngliche erinnerung vollständig aufgelöst hat.

du sitzt auf dem rand der badewanne und hältst deine füße in den lauwarmen wasserstrahl. schneckenschleim. tannenharz. zwetschgensaft. grashalme und erdkrümel. du schrubbst mit der nagelbürste über deine fußsohlen und lauschst auf die stimmen, die durch durch das offene fenster aus der dunkelheit dringen. ihr habt nach dem abendessen draußen gespielt, du und die anderen, und irgendwann habt cato und du euch davongeschlichen, in muellers garten, wo ihr euch zwischen der rückwand des hasenstalls und den moosigen holzlatten des zauns verstecktet, geschützt von der schwer violetten krone des holunderbaums: unauffindbar, frei, alles zu tun, keine augen, keine ohren, nur ihr zwei. die haut an deinen füßen ist inzwischen trotz der sommeralten hornhaut ganz rot unter dem seifenschaum, doch du schrubbst einfach weiter, weiter weiter weiter, ein indianer kennt keinen schmerz. ihr habt hinter dem stall die zeit vergessen, und als du schließlich an die terrassentür klopftest, war es längst über der ausgemachten zeit, war es längst viel zu spät. swann hat dich warten lassen, immer noch wütend nach eurem streit; dabei waren es doch bloß worte. du hast niemandem wehgetan, nicht wirklich, nicht bewusst. durch das glas in der tür sahst du das licht des fernsehers an der weißen wohnzimmerwand flackern, während sich die kühle der augustnacht an die härchen an deinen nackten armen und beinen klammerte. ihr wart schwimmen am nachmittag, und als ihr nach hause kamt, hast du mit egg und ash gespielt, und dann hast du avi dabei geholfen, das abendessen vorzubereiten, äpfel raffeln für das birchermüesli, brot schneiden, den tisch decken, hast es gern getan, und ganz ohne jammern dieses mal. wie es

in einer schublade stößt du auf einen brief, den du nie abge-
schickt hast, nie an ananke geschickt hast. du erinnerst dich
nicht daran, stattdessen frankierst du ihn und wirfst ihn ein,
und eine woche später liegt er wieder in eurer küche auf dem
tisch. du öffnest ihn und findest darin eine geschichte, da-
tiert drei jahre zurück: eine geschichte, die jetzt neu gelesen
werden muss.

zum streit zwischen swann und dir kam, ist nicht mehr nach-
vollziehbar, alles mögliche kann am anfang gestanden haben;
oder auch nichts. die schwimmsachen, die du nicht verräumt
hast; der teich, von dem du das laub nicht abgefischt hast;
dein zimmer, das noch immer nicht aufgeräumt ist; die faulen
äpfel und zwetschgen im gras, die du nicht zusammengelesen
hast. swann hat einfach zu schreien begonnen, hat dir gar
nicht mehr zugehört, und da hat es dir gereicht, da hast du,
ganz ruhig, ganz kalt, mitten in swanns wutgeschrei hinein,
gesagt: ich hasse dich. ich will nicht dein kind sein. ja. ja,
vielleicht war das zu viel. doch du hast es ja nicht so gemeint,
nicht wirklich, du wolltest bloß, dass swann endlich aufhört,
ruhe gibt, dir zuhört, wenigstens dieses eine mal. und swann
hat auch aufgehört, doch ganz so, wie du dir das vorgestellt
hattest, war es dann doch nicht, und du hast nichts mehr
gesagt. bist nach draußen, bist mit cato, hast die zeit vergessen. und jetzt. deine fußsohlen brennen, als du den braunen
schaum abspülst, den schneckenschleim, die grashalme.
nächste woche geht die schule wieder los. siebte klasse. neues schulhaus. neue lehrer. neuer anfang. wers glaubt. es wird
am ende alles wie immer sein, da wird sonnenschein sein und
schatten, eden wird da sein, vienna, cato, ananke auch. alles
wie immer also; alles, alles: manchmal willst du nicht mehr.

seit tagen hast du weder gegessen noch geschlafen, und wenn du abends nach hause kommst, fragst du dich bisweilen, ob die dinge, an die du dich erinnerst, tatsächlich passiert sind oder bloß in deiner erinnerung. du zerlegst eure namen in ihre einzelteile und mischst sie neu: was hätte sein können. was nicht ist. ananke ist, natürlich, immer noch in deinem telefon. eine folge von zahlen, ein anzeigebild, nachrichten. als ananke dann eines tages doch plötzlich verschwindet, spurlos, ohne ankündigung, ist das. ist das wie ein neuer abschied, ein nächster tod. gehen hilft; allzu oft ist dein gehen jedoch nicht ein spazieren, sondern eine flucht. fast als ob du, indem du stillstand vermeidest, fuß vor fuß setzt, dir selbst, dem inneren deines kopfes entkommen könntest; doch nicht, solange du blind bist für den zug der wolken am himmel, taub für die glocken der schafe auf der wiese am bach. stattdessen rennst du durch den wald, bis dir schlecht ist, bis deine lungen brennen und du auf die straße, auf den boden kotzt. du weißt dann: es steht dir nicht zu, über ende und anfang zu entscheiden, über zeitpunkt und stelle des bruchs. dass er kommt, steht außer frage, und du weißt, dass sich – wenn es erst so weit ist – die erschöpfung wie spinnweben um dich legen wird und es nichts mehr zu diskutieren geben wird. nur noch zu nehmen: alles zu nehmen.

ein gewitter, der regen trommelt auf das dachfenster. die luft, die durch den schmalen spalt dringt, ist kühl. du liegst in der dunkelheit, das beruhigende auf und ab von edens regelmäßigem atmen nur wenige meter von dir entfernt. deine augen offen, die verschiedenen qualitäten der finsternis vergleichend, absuchend nach: innen und außen. gestreckt. verdichtet. was alles möglich ist, denkst du. zukunft als möglichkeit, zeit als. im dunkeln weiß niemand, wer du bist: die korrelation zwischen gestern und morgen für augenblicke aufgelöst: die regeln sind andere. die augen kehren sich nach innen, und du fällst auf die bühne deines gedächtnistheaters, blickst auf die sieben pfeiler salomons und zu den planeten, und mathematik und sprache verschmelzen, als du die tür merkurs auf dem rang der gorgonen aufstößt. der regen trommelt auf das dachfenster. wie perlen hängen die tropfen sekundenlang quecksilbrig am rahmen und fallen dann:

wenn du zurückgehen könntest an den punkt, du würdest. du würdest jedoch nichts anders machen; du würdest einfach alles noch einmal leben wollen: genau so, exakt so, noch einmal von vorn.

es ist sommer, und ananke und du wollt mit dem tandem am rhein entlang bis ans meer. es ist nicht deine idee, doch da du keine lust hast, wie in den letzten jahren den ganzen sommer über in der küche der badeanstalt pommes zu frittieren, dazu den geruch von billigem grillfleisch in der nase und das repetitive gedudel des popmusiksenders im ohr, ergreifst du die gelegenheit: du sagst zu. die ersten zwei tage regnet es ohne unterlass. du schlägst vor, die abfahrt zu verschieben, du schlägst vor, die erste teilstrecke mit dem zug zurückzulegen, doch nein, ananke ist anderer meinung: es handelt sich um eine radtour, eine zugfahrt passt da nicht ins konzept. ihr kommt nur langsam vorwärts. die kieswege den fluss entlang sind aufgeweicht, steine und schlamm spritzen euch an die nackten waden, und dein sattel ist unbequem. ihr habt regenschutze über euer gepäck gespannt, doch als ihr abends an einer geschützten stelle euer zelt aufschlägt, ist dieses auch innen feucht, und dein schlafsack riecht muffig, nach keller und tod. du verzichtest auf das abendessen und legst dich direkt schlafen. du bist wütend auf ananke, auf den regen, der ununterbrochen auf das zeltdach trommelt, auf dich selbst, auf diese dumme, dumme idee. am nächsten morgen hustest du und fühlst dich fiebrig, doch du beschwerst dich nicht, und ihr fahrt weiter, und am nächsten tag schlägt das wetter um: es wird heiß. die sonne brennt vom himmel, und die feuchtigkeit der letzten regenfront verdampft schwül und klemmt dir den atem ab. du hast gehofft, ihr würdet zwischendurch ruhetage einlegen, in einer stadt ein museum besuchen oder doch wenigstens hin und wieder in einem restaurant einkehren, vielleicht den nachmittag in einem manchmal, zwischen den zeiten klaren denkens, fragst du dich, fragt es dich trotzdem, wie weit in der zeit ihr zurückmüsstet, um etwas am jetzt zu verändern. ein halbes jahr. zwei. zehn. oder war es schon am tag von anankes geburt zu spät und das heute vorbestimmt. bald beginnt der holunder zu blühen. der see ist ein tiefes, dunkles blau, ein wilder südwind wirft perlfarben gekrönte wellen von deinem ufer weg. das blau des himmels ist leicht und süß, postkartenhaft schwebt es zwischen dem weiß der wolkenschleier. dabei der gedanke: was wäre, wäre es umgekehrt: das wasser bodenlos, ewig, und der himmel über dir die innenseite einer greifbaren, blau gestrichenen zeltkuppel. (vergiss die segelboote nicht, die um diese jahreszeit längst wieder zu wasser gelassen sind; nicht die fahnen, die rot-weiß im wind flattern; oder die möwen, die sind; und auch nicht, dass das wasser aus der nähe plötzlich eher grau aussieht, nicht mehr blau.)

freibad verbringen und die gelegenheit nutzen, euch in den duschanlagen mit warmem wasser gründlich vom schweiß und dreck der straße reinzuwaschen. stattdessen sucht ihr euch einsame stellen am flussufer, an denen die luft vor insekten schwirrt und von wo das nächste haus oft mehrere kilometer entfernt liegt. du schläfst in diesen nächten fast nicht, bist tagsüber oft so müde, dass es dich alle kraft kostet, deine füße weiter auf den pedalen zu halten und deinen kopf nicht auf anankes rücken zur ruhe zu legen, nur kurz, nur für einen augenblick. abends überlässt du es dann mit schlechtem gewissen ananke, das zelt aufzustellen, feuer zu machen, essen zu kochen. wiederholt bietest du an, euch eine nacht in einer herberge, ein mittagessen in einer gaststätte zu bezahlen, doch ananke lehnt jedes mal ab, das gehöre nicht zum plan. stattdessen kauft ihr in hofläden kartoffeln und zwiebeln und milch, und ihr tragt beide einen vorrat an reis und haferflocken, an trockenfleisch, dörrfrüchten und nüssen mit euch, und ananke kocht abends risotto mit kräutern aus dem wald und von feldrändern und morgens haferbrei mit erbsengroßen waldbeeren. während ananke euer zelt aufbaut, setzt du dich im abnehmenden licht ans flussufer, fixiert auf die schwarz-grün schimmernden flügel der libellen, auf den sich verabschiedenden tag, der sich ein letztes mal im schilf am uferrand verfängt, im gesang der abendvögel und dem zirpen der grillen im gras. nachts, wenn du trotz der anstrengungen des tages nicht schlafen kannst, schleichst du dich an anankes regelmäßigen atemzügen vorbei aus dem zelt und schaust zu den sternen auf, dem mond. die luft steht genauso still wie tagsüber, und durch deine nackten fußsohlen fühlst es kommt vor, dass du mitten in der nacht aufwachst und ein loch im bauch hast. dann liegst du da, dich unter der macht dieses hungers zusammenkrümmend, als sei die gravitation um dieses loch stärker. oder du stehst auf und stellst dich ans offene fenster, fühlst den wind durch das loch wehen, die kalte nachtluft an deiner innenseite, und du wartest, bis der augenblick vorbei ist, bis sich das loch mit wind, mit einer neuen nüchternheit füllt; bis schlaf wieder denkbar wird.

du die hitze des vergangenen tages, die die erde nur langsam loslässt, und du zweifelst: du hast diese reise auch deshalb angetreten, weil du dir antworten erhofft hast, verstehen. bislang jedoch hast du nicht den eindruck, als wärt ananke und du euch nähergekommen; im gegenteil: die distanz wächst. dir ist bewusst, dass dies auf einer rein phänomenologischen ebene keinen sinn ergibt, bewegt ihr euch doch seit tagen in die gleiche richtung, mit der gleichen geschwindigkeit, liegt nacht für nacht nebeneinander in der dunkelheit. dir ist mittlerweile klar, dass diese reise ein fehler war, dass eine rückkehr jetzt nicht mehr möglich ist. etwas ist zerbrochen unterwegs, und selbst wenn du nicht genau zu sagen weißt was, so bist du doch überzeugt: der bruch ist endgültig.

noch immer vergeht kein tag, ohne dass du: morgens zuerst, abends zuletzt. zweiundneunzig tage, seit die alte zeit aufgehört hat zu sein. an einem montagnachmittag lernst du in edens vorlesung die ausschlusskriterien für depression: the shift in mood is not linked to an experience of grief. im ersten moment ist trauer normal, ist erwünscht. der grat zwischen normaler (gesellschaftlich akzeptierter) und exzessiver (pathologischer) trauer ist jedoch schmal. oder: muss auf individueller basis bestimmt werden. du suchst viennas blick, catos, der von eden kreuzt sich mit dem euren; du siehst zuerst weg, auf deine hände, zu fäusten verkrampft in deinem schoß. dann durch die hohen fenster an der rückseite des hörsaals: über die obstbaumreihen, an denen früchte reifen, rollt dein blick unaufhaltsam den hang hinunter, schlägt auf auf der spiegelnden oberfläche des sees: etwas zerbricht, wie immer zwischen sechzehn und siebzehn uhr.

es gibt einen geruch: den geruch nach hotels. genauer: den geruch nach hotelbadezimmern, nach pfirsichseifen und honigmilchlotion, nach chlor auf brauner haut und braunen sandkörnern auf weißem porzellan. wenn du diesen geruch riechst, bist du sofort klein, bist du kind, bist du sieben, acht, neun jahre alt und in italien, im engadin, auf belle-île-en-mer. diese reise in der zeit ist jedes mal verbunden mit einem brennen in den augen, mit momenten der atemlosigkeit und einem stich in der brust, deren ursache du nicht weiter nachgehen willst, kannst.

du besuchst fred und loreto. du rufst vorher nicht an, setzt dich einfach aufs rad und fährst in der dämmerung aus der stadt. du musst raus. weg. du brauchst – du brauchst, was du nicht hast, wovon du nicht weißt. dein atem steigt noch einmal in wolken in die einsetzende nacht, als du die straße hoch und auf die ebene fährst, in den feldweg einbiegst, der zum haus führt. rauch steigt auf aus dem kamin, licht hinter den fenstern, doch auf dein klopfen reagiert niemand. du gehst um das haus, folgst dem rhythmischen schlaggeräusch zum schuppen hinaus. fred, rufst du, loreto. noch bevor jemand antworten kann, triffst du auf loreto: am boden kniend vor dem hackklotz, holzspäne im blonden haar, sich schweiß, sich tränen aus den augenwinkeln wischend. hilf mir, sagt loreto, ich kann nicht mehr.

auch damit verbunden, unerklärt: das wort bolei, swanns wort für murmel, für die kleinen kugeln aus glas. eden und du sammelt boleis, sammelt wie wild: ihr beide tragt mit euren namen bestickte stoffbeutel mit euch herum, in denen hunderte murmeln klackern, rote und grüne und blaue, transparente und matt geschliffene, welche aus glas und welche aus stein, uni, getupft, mit geisterhaften schlieren im innern und abenteuerlichen namen, darunter spaghetti azzurri, dracula oder aztekische sonne. deine liebsten boleis jedoch heißen sternenstaub, heißen oelis und elefantenhaut und welle der galaxie, und sie sind aus obsidian mit winzigen, silbergefüllten dellen; sie sehen aus, als wären sie aus benzin, aus wasser, auf dem ein ölfilm schwimmt; sind aus ultramarinem glas mit zittriger, blattsilberner haut unter der oberfläche; sind aus dichroitischem glas und enthalten in ihren achtundsiebzig kubikmillimetern das versprechen einer ganzen welt.

die vögel bescheren dir albträume. du wachst mit wild klop-
fendem herzen auf, das nachthemd klebt dir zwischen den
rippenbögen, durchsichtig mit schweiß. du versuchst, dich
aus dem dünnen sommerlaken zu befreien, das dich wie eine
zwangsjacke in eine position fesselt, in der du nicht. schließlich stehst du auf, stellst dich ans fenster, vor dem der neue
tag erst in ansätzen wahrnehmbar, blau die luft zwischen
den häusern, es hängt noch die feuchtigkeit der nacht. die
vögel. deine ornithologischen kenntnisse sind bescheiden.
du kannst einen eichelhäher von einer amsel unterscheiden,
eine ente von einem schwan, doch darüber hinaus: es sind
vögel. und so klingt der frühmorgendliche gesang des ge-
fiederten chors im wald hinter eurem haus in deinen ohren
verdächtig wie die vogelstimmen, die auf anankes beerdigung
die kalten gewölbe der friedhofskapelle erfüllten.

ihr feiert anankes geburtstag (zum letzten mal; nicht zum allerletzten mal, doch zum letzten mal zusammen: monate später ist ananke weg). eden steht am herd und rührt in der pfanne mit der tomatensauce, und cato wäscht daneben den salat. ananke sitzt dir vis-à-vis am küchentisch, du fährst mit den fingern über einen blassen weinglasring im verlebten holz und hörst ananke zu. wo bleibt vienna, fragt eden über das geräusch des dampfabzugs hinweg, es ist schon längst nach sieben. vienna ist eben vienna, sagst du, regst dich im stillen jedoch auch auf. ist doch nicht weiter schlimm, sagt ananke, steht auf und beginnt, den tisch zu decken. du faltest papierservietten diagonal und steckst kerzen in die kerzenständer. durch das offene küchenfenster weht die märznacht hinein, begleitet vom geruch nach spätem schnee. ihr hört vienna bereits im treppenhaus; als es klopft, rufst du, komm herein, es ist offen, und schon poltert vienna in den korridor. es tut mir leid, es tut mir leid, es tut mir leid, sagt vienna atemlos in die küche stolpernd, immer noch im mantel, sich eine locke, die der schweiß dort festgeklebt hat, aus der stirn streichend, bitte: verzeiht. ein seltsames leuchten in den augen, setzt vienna sich an den tisch, schenkt sich ein glas wasser ein und trinkt. ihr glaubt nicht, was mir passiert ist, ihr könnt euch nicht vorstellen, wie ich den heutigen nachmittag verbracht habe. · wir waren wie geplant mit ananke mittagessen, wirft cato ein, wir waren mit ananke im theater, doch ich nehme nicht an, dass dich das interessiert. hör auf, sagt ananke, bitte. nein, tu ich nicht, sagt cato, es ist dein geburtstag, wir hatten pläne, wir haben gewartet, wir wollten zusammen, alle zusammen. bitte, cato. wirklich. die beiden verstummen, du siehst ärger

anfang sommer kehrst du wieder an die arbeit zurück. du tag-
träumst mitunter, brauchst stunden für eine kleinigkeit, doch
die schweigsame geschäftigkeit des lesesaals und die gewiss-
heit, dass die leere um dich von den gedanken anderer gefüllt
wird, haben eine beruhigende wirkung auf dich. du ordnest
die magazine im archiv, versiehst die monatlichen neuerwer-
bungen mit der markierung der bibliothek und kaufst auf
der brücke beim rathaus blumen für euren schreibtisch; du
wischst den staub von den enzyklopädien, kratzt kaugummi
von stuhlunterseiten und recherchierst in ghies auftrag den
einfluss von humes philosophie auf die entwicklung von ein-
steins spezieller relativitätstheorie; du bindest altpapier zu
stapeln und kaufst in der bäckerei sandwiches für das mittagessen ein. und während du dies tust, geht es dir nicht gut,
doch das wissen darum, dass stets eine neue aufgabe auf dich
wartet, hilft dir über die momente hinweg, in denen anankes
schatten über das licht am ende des tunnels fällt.

in catos augen aufblitzen, nicht über vienna diesmal, nein, über ananke. in die angespannte stille, in die wie angehaltene zeit eurer küche hinein räuspert sich vienna und sagt, darf ich jetzt endlich ausreden oder was. später sitzt ihr beisammen, karten spielend, wein trinkend, lachend, im vertrauten widerspruch eurer eigenheiten. draußen beginnt es zu schneien, und ananke bläst die kerzen auf dem kuchen aus. vienna döst auf eurem küchensofa ein, und cato holt eine wolldecke aus dem schrank und legt sie über vienna, legt sich dann dazu.

es bleibt ginsburg, und es bleibt das bestreben, der zwang schon fast, den augenblick en detail festzuhalten, in regeln gehorchende worte zu bannen, im versuch, genau diesem augenblick zu entkommen, das hier zu verlassen und von außen, von oben auf den moment hinabzublicken. du hältst an der hoffnung fest: die fixierung auf die einzelheit ein möglicher fluchtweg aus dem zusammenhang. in der zukunft jedoch bereits erahnbar die einsicht: fragmentation der gegenwart führt nicht zum erhofften überblick. mehr einzelheiten sind nicht gleichbedeutend mit mehr sinn. die entlaubten kronen der toten eschen. die duftwolken um die blütenschirme des holunders. der geschmack nach zwetschgen und zimt, der nach dem kuss auf deinen lippen zurückbleibt.

fast ein jahr, nachdem du den schriftzug auf einem spazier-
gang mit ananke entdeckt hast, auf einer sichtschutzwand,
hinter einer parkbank, steht er immer noch da, schwarz auf
weiß: *found you / lost myself.*

dann, auf dem friedhof: ein eichhörnchen, im sonnengefleck-
ten schatten der eiche. auf der nach dem letzten regenguss
noch feuchten dunkelbraunen erde der gräber, zwischen den
weißen, himbeerroten und purpurnen blüten, die blauen körner des schneckengifts. ginsburg sagt es nicht mit so vielen
worten, meint aber: es ist nicht an dir, über sinn und unsinn,
über recht und unrecht zu entscheiden. doch der schatten,
der schutz erweist sich als lückenhaft: du und ich. im freibad
sind die becken noch leer, das wasser spiegelglatt; die gelben
t-shirts der aufseher leuchten aus dem silbernen grün des
frühen lavendels hervor.

du magst feuer. bist fasziniert von der wärme, vom züngeln der flammen, dem farbenspiel; nicht zuletzt: von der zerstörungskraft. sobald du jedoch abends allein im bett: du bist sechs jahre alt. du liegst, die augen offen, dunkel wiegt die nacht auf dir. du hast die augen offen, weil wenn du sie schließt: wer weiß, es könnte. alles und nichts. du fürchtest, dass, wenn du die augen wieder auf: nichts mehr ist. du setzt dich auf. alles ist ruhig, eden schläft, egg schläft. nur aus dem wohnzimmer hörst du stimmen. du stehst auf, schleichst die treppe hinunter, die stufen auslassend, die: kein knarren, alles still. du setzt dich im flur auf den boden, im nachthemd, dir ist kalt. die tür zum wohnzimmer steht einen spalt breit offen, blau flackert es in den gang hinaus, schatten, begleitet von halbsätzen. du wünschst dir, dass avi kommt, dass swann kommt und fragt, was machst denn du hier, kannst du nicht schlafen. doch es kommt niemand. du stehst auf und spähst in das blaue flackern, drückst dein gesicht an das holz des türrahmens, bis sich spuren in deine haut graben. du schiebst die tür auf, schleichst zum sofa, stehst stumm – was solltest du auch sagen, es ist jeden tag, es ist jede nacht. ach, sagt swann, was ist denn nun schon wieder. es ist spät, sagt avi, du bist müde. geh wieder ins bett, sagt swann. du musst morgen zur schule, sagt avi. du bleibst stehen, einen augenblick noch. vielleicht. vielleicht ist heute alles. vielleicht ist heute nicht alles so wie sonst. auf dem bildschirm eine nachrichtensendung, eine spielshow, eine tierdokumentation. aber, möchtest du sagen, aber ich kann nicht. als alles wie immer, als niemand reagiert, gehst du zurück in dein zimmer, bemühst dich nicht mehr, leise zu sein: die treppe knarrt; du sahar. natürlich. das ist es. du schlägst die bettdecke zurück, setzt dich auf und eilst hinaus in die nacht. deine nackten füße laufen über pflasterstein, wie ein geist dein nachthemdenes ich. dann stehst du vor dem haus, stehst unter dem fenster, wirfst kieselsteine und rufst, egg, egg, rufst du, sahar. so hieß der hase. so.

klopfst an die wand; drückst auf jeden lichtschalter. an. aus. an. aus. an. licht als gegenentwurf zur nacht. du setzt dich auf die oberste treppenstufe, wartend auf. wartend auf niemand, sodass du schließlich in dein bett zurückkriechst, in die dunkelheit, zu deinen ängsten. häuser brennen ab in der nacht. obon hat krebs, hast du avi zu swann sagen hören, und berg-pelliers kind ist magersüchtig. du weißt nicht, was krebs ist; du weißt nicht, wie man süchtig wird nach mager. doch du bist dir sicher: diese dinge sind ansteckend. sie schweben in der luft wie mücken, wie pollen im frühling. sie landen in dir, auf dir, wenn: du nicht aufpasst, nicht artig bist. wenn du die augen schließt und schläfst. oder gar träumst. wenn du avi fragst oder swann, heißt es: denk nicht daran. oder: mach dir keine gedanken, so funktioniert das nicht. doch wie dann. und warum nicht du, wenn doch obon, wenn doch berg-pelliers kind. du liegst im bett, mit offenen augen, und wünschst dir: dass avi, dass swann. eine minute nur. vielleicht eine geschichte. vielleicht einfach mit dir in der dunkelheit: eine zweite anwesenheit. doch weder avi noch swann. manchmal fragst du dich, ob du tatsächlich ihr kind bist. ob eden nicht vielleicht nicht dein zwilling. und egg. es könnte sein. bitte, sagen sie, geh jetzt schlafen. du möchtest ja, gern. nichtschlafen und angst ergeben zusammen: schatten schleichen sich unter deine augen. in der schule starrst du löcher in die luft: ein schlaf der anderen art. wenn da wengistens ein älteres geschwister wäre. nicht eden, die minuten zählen nicht. dieses ältere geschwister, vielleicht könnte es dann. hätte worte gegen dieses allein. das blut rauscht dir in den ohren. du bist sechs jahre alt. du bist allein, und du hast angst, die angst

eden befindet sich auf einem neuen feldzug gegen anankes
andenken. bücher, fotos, selbst catos briefe aus dänemark
wandern in kartonschachteln, in blickdichte schwarze mülltüten. wenn du alles, was ananke je in den fingern gehabt hat,
loswerden willst, sagst du, dann ist die wohnung am abend
leer. ich leide, sagt eden, anankes anwesenheit erstickt mich.
so bleibt es dabei: kartonschachteln, mülltüten. in einem versuch, edens eifer irgendwie zu kontrollieren, bietest du an, die
sachen zu entsorgen. dann mietest du auf dem industrieareal
hinter dem bahnhof einen stauraum an und trägst anankes
andenken stück für stück in dieses lichtlose, sauerstoffarme
verlies, das bald einem schrein zu gleichen beginnt, einem
altar. du kaufst auf dem flohmarkt einen sessel und eine steh-
lampe, deren licht warm auf deinen sessel fällt, die tiefen des
raums weiter im dunkeln: als säßest du in der leere, schweb-
test in einem moment vergangenheit.

sitzt in dir, in der brust, im bauch. du möchtest laut rufen, die angst so vertreiben. doch nein, sie sitzt fest. du holst luft, doch kein laut. die angst krallt sich in deine lungen, für immer, bist du überzeugt. du liegst und kannst dich nicht bewegen. kannst nicht atmen. nicht weglaufen auch. nur denken. im kreis, in schleifen, in einem sich immer schneller drehenden hamsterrad. es kann nie besser, du siehst keinen weg. dass es ganz einfach mit musik funktioniert, zum beispiel, weißt du nicht. dass töne dich forttragen könnten, aus dem zimmer, aus dem hamsterrad. aus der dunkelheit und fort von der angst. du könntest wegschweben auf melodien, in einen wald, wo sich das frühlingssonnenlicht durch die zart grünen blätter stiehlt. wo vögel. wo ein bach, wo klares quellwasser über graues gestein hüpft und das gleiche sonnenlicht pastellene regenbogen in die gischt zeichnet. du könntest zwischen den noten fliehen an ein meer, an einen flachen strand, über dem der himmel tief und grau, an dem du jedoch nicht weniger. du könntest ebbe und flut zusehen. du könntest auch hier die vögel hören, die über dir, und der wind, der im nahen dünengras. du könntest deine fußabdrücke im nassen sand. du könntest salz auf den lippen. du könntest: ein gefühl von nicht allein. doch nicht in dieser nacht. noch nicht. noch bist du sechs jahre alt. noch bist du allein.

du sagst zu ginsburg, ich suche einsamkeit, ich denke daran, alles aufzugeben. aufzugeben und ins schloss zu ziehen, um dort die reben zu pflegen; bienen zu halten; die bibliothek zu inventarisieren. ginsburg sagt, du sehnst dich danach, dich zurückzuziehen, an den ort, den es nicht gibt, der nur zwischen euch existiert. dich überfordert die erdrückende vorstellung der infiniten gleichzeitigkeit, die tatsache, dass nicht nur du jetzt hier bist, sondern dass zugleich sieben milliarden andere ichs anderswo. dass es nachts ist andernorts, während du im schatten sitzt und dem spiel des lichts auf dem wasser zuschaust. dass so viele herzen schlagen, jede sekunde zu schlagen beginnen, zu schlagen aufhören, und dass diese herzschläge, schlügen sie alle im takt, brücken zum einstürzen brächten, berge zerfallen ließen, langsam, ihretwegen ozeane über die ufer träten. ohne dass ihr es aussprecht, weißt du: der dünne film, der damals von jetzt trennt, wahnsinn von realität, dich und mich, verliert zunehmend an substanz.

es ist ein bedeutender unterschied, sagt vaska, ob man umdreht und den zurückgelegten weg zurückgeht oder ob man zurückgeht an den anfang und noch einmal von vorn beginnt. haha, sagt cato, mir ist nicht zum scherzen zumute. es ist winter, der schnee liegt hüfttief, und ihr habt euch verlaufen. eigentlich kennt ihr den weg, du weißt nicht, wie oft ihr die schlitteltour schon gemacht habt, zuerst mit der bahn und dann mit dem bus und dann noch ein stück zu fuß, gefolgt von der abfahrt durch den wald und bis fast ganz vor eure haustür. doch vienna hat heute die famose idee gehabt, ihr könntet ja diesmal noch ein wenig höher aufsteigen, einfach noch ein stück, dann wärt ihr die einzigen und ob das nicht fantastisch wäre. eure begeisterung hielt sich in grenzen, du hattest deine bedenken, doch als sich außer vienna niemand so richtig dafür oder dagegen aussprach, stapfte vienna los, weiter den berg hinauf, und ihr seid gefolgt. wie lemminge sind wir dir gefolgt, sagt egg und schießt einen schneeball in viennas richtung. es tut mir leid, sagt vienna, wie oft muss ich es noch sagen, ich dachte, ich nahm an, dass. du dachtest gar nichts, sagt ananke, und du liegst falsch, egg, lemminge begehen keinen suizid, es hat mit fluktuationen in der populationsgröße zu tun, mit dichtestress, und nichts mit. schon gut, ananke, sagt vaska, das bringt uns jetzt auch nicht von hier weg.

es ist wieder montag: neurochirurgie diesmal. aneurysmen und schlaganfälle. glioblastoma. dura-tumore von der größe eines tennisballs. ein, zwei millimeter entscheiden über leben und tod. über ein leben mit sprache oder ohne, zwischen sechzehn und siebzehn uhr. zu zehnt in der garderobe, nackte haut, hautfalten an unerwarteten orten. tätowierungen. narben. auch (vor allem, beobachtest du fasziniert): scham. du nimmst dir ein grünes hemd aus dem schrank. eine hose. schlüpfst in grüne plastikschuhe, stülpst dir ein grünes netz über das haar. du suchst mit den augen nach eden und vienna und cato. liest in ihren augen: siehst sie neu, unabhängig vom rest des gesichts. im ersten operationssaal überrascht dich die kälte, es herrschen weit unter zwanzig grad. im zweiten ist es das blut auf dem boden, wie der saft aufgetauter himbeeren auf aschegrau. im dritten verblüfft dich die absolute ruhe, die gelassenheit schon fast der operierenden in blau. du siehst das hirn auf dem bildschirm, das aneurysma, dem die blutzufuhr abgezwackt werden soll. dein atem beschleunigt sich unter der grünen maske, die euch nicht vor infektionen schützen wird, nur vor spritzendem blut. eden greift nach deiner hand und drückt sie, während die chirurgen die operation in abkürzungen kommentieren. alles in einer art dämmerlicht, beleuchtet einzig das offene gehirn. knochenlappen. extra-intrakranielle bypässe. die lebenserwartung beträgt zwei jahre. zwei jahre maximal. die wunde wird mit klarem wasser ausgespült, wie beim zahnarzt saugt ein rüssel das austretende blut ab, grell rot schießt es durch den transparenten schlauch. kochsalzlösung tropft aus einem beutel und durch den schlauch in den immer noch atmenden patienten. wenn bloß alles so einfach wäre.

anankes keltisches tierzeichen ist der fuchs: ernst. feurig. voller sexueller energie. eine spielernatur auf der suche nach abenteuer und gleichzeitig zutiefst loyal denjenigen gegenüber, die zur familie zählen, zum freundeskreis. in einklang mit der umwelt, listig und mit einem hang zum verstohlenen; wissend um die versteckten türen in die welt des gesterns und morgens. du selbst bist angeblich ein schwan: die verkörperung von anmut und selbstaufopferung. leidenschaftlich, über dem jetzt schwebend. aber auch: routine-liebend, überfordert von spontaneität, jeglichem drama abgeneigt. in love, swans seek to mate for life.

das fehlende vertrauen in deine eigenen empfindungen, der drang, alles niederzuschreiben, festzuhalten, wahr zu machen: die bienen in den brombeerblüten, der unter deinen schritten federnde waldboden, der wind, der den hitzedunst über dem miststock ostwärts treibt, die lücke, die nach ananke bleibt. um später einen beweis zu haben, um zeigen, um sagen zu können: so war es. so ist es.

du warst stets überzeugt, du würdest früh sterben. zuerst. vor allen anderen. es gibt schließlich so viele möglichkeiten. es gibt unfälle, mit autos, mit rädern, mit fußgängern; zu wasser, an land, in der luft. es gibt krankheiten, es gibt krebse, infektionen, bakteriell, viral, mit protozoen oder pilzen, es gibt syndrome aller art. es gibt vergiftungen, mit pflanzen, von lebensmitteln, von arsen und rizin und nowitschok. es gibt überfälle und anschläge, komplotte und konspirationen. es gibt pulsadern, die sich aufschneiden lassen, es gibt wasser, in das man sich sinken lassen kann, es gibt schlingen, die sich um hälse legen. es gibt pistolen und revolver und gewehre, es gibt messer und beile und golfschläger. es gibt steine, die sich unerwartet aus der felswand lösen. es gibt häuser, die in flammen aufgehen, und solche, aus denen sich bei hochwasser nichts mehr retten lässt. es gibt hunger und durst, es gibt tage, an denen jeder atemzug kalt in der lunge schmerzt, und andere, an denen die sonne erbarmunglos vom himmel brennt. es gibt entführungen, bei denen das opfer nie mehr zurückkehrt, bei denen man leichen findet, geschändet, verstümmelt, bei denen ein dna-test an ausgegrabenen knochen der jahrelangen ungewissheit ein ende setzt. es gibt heißluftballone, die aus dem himmel fallen, fallschirme, paraglider. es gibt stricke, die reißen, schrauben, die locker sind, tassen, die fehlen. es gibt schlangen, die beißen, skorpione, die stechen, wilde kerle, die in den wäldern wohnen. es gibt brücken, die einstürzen, züge, die entgleisen, schiffe, die mit eisbergen zusammenstoßen. es gibt aneurysmen, verstopfte arterien, zu wenig gerinnungsfaktoren im blut. es gibt allergische schocks, es gibt zu wenig spendeorgane, zu wenig blut.

das astwerk der bäume auf dem friedhof hängt schon schwer
mit obst, die früchte aber noch klein und hart, grün: äpfel,
zwetschgen. pfirsiche. hinter dem friedhof liegt das getreide
am boden, die halme geknickt unter der wucht des gestrigen
sturms. an den feldrändern blüht blutrot der mohn. kamille.
ein fuchs windet sich durch den mais. schwalben am himmel.
wolken. du pflückst mohn und gehst zum friedhof zurück
und legst die blumen auf das grab: nicht alle uhren laufen
synchron.

es gibt tabletten, es gibt alkohol, es gibt heroin. und es gibt
zufall und schicksal, und du warst stets überzeut, das eine
oder andere treffe dich früh: zuerst. vor allen anderen.

es ist sommer, es ist heiß, und ananke ist seit über hundert tagen tot. du liegst in deinem alten kinderzimmer auf dem bett, angezogen, bewegungslos, draußen nacht, draußen der himmel nur im westen noch ein streifen blut und rosa und kitsch. an der wand das bild mit den schutzengeln, das du zur erstkommunion erhalten hast, und auf deinem nacht-tisch: eine flackernde kerze, der kalender mit den pinguinen aus dem vorletzten jahr. die fenster stehen weit offen, auch draußen flackert es, das feuer in der weiten schale, die kerzen auf dem tisch. du kannst stimmen hören, die von swann und avi, die von bas und roan, leise, gedämpft, es ist, wie es ist. zum abendessen vorhin waren auch die anderen da, vaska und ash, fred mit loreto und den kindern. avi hat suppe ge-kocht, doch es hat niemand viel gegessen, wie soll man auch essen, unter den umständen. ananke ist seit über hundert tagen tot, und du verstehst immer noch nicht, fragst dich, wie, warum. heute morgen hast du es wieder einmal nicht mehr ausgehalten, du warst bereits auf dem weg zur arbeit, gingst den quai entlang auf das rathaus zu, als du plötzlich zu zittern begonnen hast, die weißen schwäne auf dem dunklen fluss, der feine kranz aus morgenrot über der stadt. du bist am brückengeländer in die knie gegangen, hast gewartet, bis die panik dich loslässt, bis die luft wieder tief in deine lun-gen gelangt, und hast dann swann angerufen, hast gefragt, ob du nach hause kommen darfst, einfach, bitte, einfach für den tag. du hast dich bei der arbeit krankgemeldet, sommer-grippe, hast du merle gesagt, du seist bestimmt bald gesund, und dann bist du zurück, bist zum bahnhof zurück und in den nächsten zug, acht uhr null neun von gleis dreizehn.

kurz vor semesterende bricht egg das mathematikstudium ab. die neuen pläne: zuerst slawa heiraten, dann den bauernhof von slawas eltern übernehmen. ach, sagt swann, als egg die entscheidungen mitteilt. wer hätte das gedacht, sagt avi. die hochzeit findet zu beginn des sommers an einem sonnigen sonntagmorgen in der kleinen kapelle oben auf dem hügel statt. im inneren der kapelle ist es kühl, doch draußen zeichnet die sonne bereits scharf die schatten der linden und eichen auf das gras. der see, am hügelfuß, liegt noch im morgendunst, kursschiffe tauchen auf und verschwinden wieder, die satten triangel der segel, das fremde ufer nur mit wissen erahnbar.

zu hause hat swann dich in den arm genommen und dann, ich dachte, es sei gut jetzt, hast du gesagt, ich dachte es sei vorbei. am nachmittag bist du mit vaska und ash zuerst an den see und dann zum friedhof, die braune erde staubig trocken nach den wochen ohne regen, und ihr habt eine kerze angezündet und habt dann dagestanden in der hitze, aus allen poren, wortlos, wie kann sein, was nicht sein darf, die fragen wie atemwolken zwischen euch. du bist müde, hast kaum geschlafen die letzten wochen, bist rad gefahren, abende lang allem davongefahren, auf die hügel, in den wald, und manche nacht habt ihr wein getrunken und geredet, eden und cato und vienna und du, habt wein getrunken und nicht geredet und stattdessen in die kerzen gestarrt, mit dem heißen wachs gespielt. das problem ist, so seid ihr übereingekommen, die schiere menge an erinnerungen, dass es euch, unabhängig von ananke, gar nicht wirklich gibt; und schlaf, so fürchtest du, wird erst dann wieder möglich sein, wenn es etwas gibt, das euch frei, das euch neu, etwas, das: du denkst, wie einfach doch alles wäre, wenn es bloß wie früher wäre, damals, als die stimmen, wenn du, wie jetzt, lauschend im bett lagst, zum ausklang eines fröhlichen abends gehörten, zwei familien zusammengewachsen zu einer, gemeinsam essend, gemeinsam feiernd, vier eltern und sieben kinder, und du fragst dich, wie oft du so im bett gelegen hast, müde nach einem abend mit würsten vom grill oder flammkuchen aus dem holzofen, mit verstecken im garten und *stadt-land-fluss* und *der mit dem wolf tanzt*, lauschend, zwischen wachen und traum. das knarren der treppe trägt dich in die gegenwart zurück, du horchst auf die langsamen schritte, weißt sofort, wer es ist.

nach dem gymnasium verlasst vienna, ananke, eden und du die stadt in richtung universität. cato geht für ein jahr nach dänemark und beginnt dann eine lehre im buchhandel. gemeinsam mit eden beziehst du die wohnung im dachstock eines alten herrschaftshauses. das efeubewachsene gebäude aus gelbem und rotem klinker steht am ende der straße, oben am hügel, und von eurem kleinen schmiedeeisernen balkon sieht man über die stadt und auf den see und bis zu den alpen. die wohnung verfügt über zwei schlafzimmer, ein wohnzimmer mit hoher decke, und du magst die leeren weißen wände überall und das goldene holz der breiten bodendielen und den gasherd in der küche. du schreibst dich an der technischen hochschule für physik ein, realisierst jedoch bald, dass dies nichts für dich ist: wechsel an die universität, sprung in die philosophie. eden ist oft außer haus, beim training, auf einer nachtschicht im krankenhaus, und von vienna (politikwissenschaften studierend) seht ihr in den ersten monaten ebenfalls nicht viel. als der heroische idealismus langsam einer trockenen ernüchterung platz macht, verschreibt sich vienna der anarchie, und ihr wartet mit offenen armen. cato genießt dänemark und schreibt regelmäßig lange briefe, auf deutsch, auf dänisch, nicht immer an alle von euch, und wenn wieder mal ein cato-umschlag in einem eurer briefkästen landet, reicht ihr ihn untereinander weiter, und wenn er ausgelesen, wenn er übersetzt und interpretiert und diskutiert ist, legt eden den umschlag zu den anderen in die alte blechkiste auf eurem kühlschrank. im sommer sind die tage lang und heiß, und du verbringst die schwülsten stunden in den archiven der zentralbibliothek und die abende badend am das licht im korridor geht mit einem leisen klicken an, und als sich der schatten deines zwillings im spalt deiner zimmertür abzeichnet, rufst du leise nach eden. eden kommt ins zimmer, löscht die kerze und legt sich neben dich aufs bett, die hände, die wangen heiß von der nacht, das haar feucht vom schweiß. ihr bleibt so liegen in der dunkelheit, mit den stimmen aus dem garten und der sommernacht vor dem fenster; ihr bleibt so liegen, mit der trauer und dem schmerz, mit den fragen und den erinnerungen aus fünfundzwanzig jahren; ihr bleibt so liegen mit den gedanken an ananke und an alles, was war und was ist und was sein wird zwischen euch; ihr bleibt so liegen, seite an seite, arm in arm, bis die erschöpfung euch in den schlaf hinüberträgt: dunkel und schwer und still und leer.

fluss. wenn es regnet, fliehst du in die sukkulentensammlung oder in den lesesaal des literaturhauses, wo du in einem der schweren ledersessel am fenster sitzt und dir das tropfenspiel auf dem dunklen fluss besiehst. (in diesen tagen formt sich in dir das schemenhafte ziel: dies wird einmal dein arbeitsplatz.) manchmal gesellen sich vienna und eden oder ananke zu dir, und dann setzt ihr euch in ein kursschiff und fahrt hin und her über den leeren kleinen see und spielt karten oder *walter.* im frühling und im herbst macht ananke und du lange spaziergänge, zu den lamas, durch den wald, nachts am see, durch die pflastersteinstraßen der stadt. ihr tauscht zweifel aus, lasst fragen unbeantwortet durch die kegel der straßenlaternen ziehen und schweigt zum gleichklang eurer schritte, den die engen häuserwände auf euch zurückwerfen. wenn ihr in eure wohnung zurückkehrt und eden nicht da ist, legt ananke und du euch manchmal im wohnzimmer auf das goldene parkett und hört radio, die hörspiele der bbc: *paul temple. special agent dick barton. all that fall.*

schon an warmen frühlingstagen wird es in eurer dachwohnung schier unerträglich heiß. jetzt ist sommer, und tagsüber
haltet ihr fenster und läden geschlossen und öffnet sie erst,
wenn der rote feuerball der sonne hinter dem hügelzug im
westen versinkt. doch es hilft alles nichts. die luft steht in
den räumen, die dir von tag zu tag kleiner erscheinen, als
lagere sich euer atem schicht für schicht an den wänden ab.
du ahnst, dass es sich nicht einzig um ein architektonisches
problem handeln kann, dass die atemlosigkeit deine eigene ist
und sich auch dank der ventilatoren, die eden gestern gekauft
hat, nicht so schnell verflüchtigen wird.

stell es doch gleich zurück, ja, sagt ananke, und du gehorchst, reihst das buch, das du ausgeliehen hast, wieder an seinem platz im bücherregal ein. du denkst an den satz, den du darin mit rotem marker angestrichen hast, *there must be twenty jars of grape jelly and twenty plastic bears of honey and twenty bottles of maple syrup.* du denkst daran, was dieser satz, was diese twenty plastic bears of honey mit dir getan haben: wie sie dich das buch fallen lassen ließen, wie du dich hinlegen musstest, dich gekrümmt hast, dich in dich gekrümmt hast wie ein igel. du fragst dich, was dieser satz mit ananke macht, ob er die gleichen lang vergessenen bilder zum leben erweckt wie bei dir: es ist sonntag, und du sitzt bei bas und roan am küchentisch, zwischen ash und ananke auf der bank eingezwängt. du löffelst schokopulver in deine tasse und gießt die milch dazu, deren weiß sich braun färbt, mit dunklen inseln, wo die flüssigkeit das pulver zu mizellenartigen perlen formt. neben dir lacht ananke laut auf, als schiene die sonne durch die dezemberwolken, und am kopfende des tisches gähnt eden, blinzelt dir aus waschbärenaugen zu. roan schneidet den golden schimmernden zopf an und reicht dir über den tisch hinweg den gupf. du hältst das brot an deine nase, das weiße innere noch warm, der dampf voller duftmoleküle, die du tief in deine nase, deine lunge saugst. vaska schiebt dir den honigbären zu, und du drückst das pelztier, sodass der viskose zuckersaft aus seinem kopf fließt und auf dein brot, und dann beißt du hinein, versenkst deine zähne in dieser köstlichkeit aus süß und warm und weich und wünschst dir, wünschst dir nichts mehr, als dass alles immer so bleibt.

du lernst bei ginsburg: ohne sozialisation in den monaten eins bis zwölf keine richtige weitere menschenentwicklung. oder: der mensch als physiologische frühgeburt, ausgestattet mit entwickelten sinnesorganen und einem funktionierenden bewegungsapparat, aber dennoch hilflos und abhängig. eine andere mögliche betrachtung: der lange entwicklungsprozess als luxus: komplexes denken nur dank langsamer reifung. auf jeden fall: vollständige menschwerdung nur durch abschluss der entwicklung in soziokultureller umgebung; das ich erst durch das du.

als du nach dem streit mit ananke wegläufst, fort, einfach fort und in den wald, schließt sich das grüne dach wie eine schützende hand über dir, eine mit grünem samt ausgekleidete sphäre. die vögel. das licht, das durch die dichten kronen fällt und auf dem boden die strauchschicht zu bewegen scheint. waldmeister. aronstab. carex und zittergras und buschwindröschen. in der luft der geruch des waldbodens, der nach wochen der trockenheit staubig durch einen teppich aus alten nadeln ins unterholz steigt. farn entrollt sich unbemerkt. du hörst stimmen, lachen; holz, das im feuer funken wirft; kinderschritte im spiel. du trittst aus dem schatten auf die lichtung hinaus, blinzelst, und als du die augen wieder öffnest, ist dir für einen moment, als blicktest du durch ein kaleidoskop in der zeit zurück. als sich die sterne setzen, siehst du, wie ananke eine wurst auf einen angespitzten ast spießt; wie fred und eden im bach knien und dessen lauf mit steinen und rinde und moos umleiten; wie cato ash und egg in einem leiterwagen durch das hohe gras auf der lichtung zieht; wie vienna dir den federball zuspielt, wie das gefiederte geschoss hoch in den blauen himmel steigt, immer höher, und schließlich zur sonne wird. dann bricht der zauber, und du eilst über die lichtung, grüßt die fremden, die um die feuerstelle versammelt stehen, und vermeidest einen blick zu den kindern. als du wieder in die schützende blase des waldes eintauchst, riecht die luft immer noch nach bärlauch, und bald wird das kinderlachen in deinem rücken vom rauschen des wasserfalls übertönt. vom hämmern des spechts.

der wald jetzt: üppig grün. die schatten fallen neu: die sonne in frischem winkel zum geschehenden. das rot der erdbeeren säumt deinen weg, das purpur verwelkter brennnesseln. waldmeister, immergrün. du erschrickst über die tiefen schneisen im unterholz, die erde in den gräben dunkel und feucht: wie frische wunden im waldboden. leerstellen, die auf die wassermassen warten, die sommers von blitz und donner begleitet vom himmel stürzen. schon von weitem siehst du, dass die waldhütte eingezäunt ist. gitter versperren den zutritt, und eine pastellgrüne plane ist über das dach gespannt. am gitter befestigte plakate werfen schatten auf den bekiesten vorplatz, rot und schwarz auf weißem grund: korres und adebar, baumeister, zimmerei, dachdeckerei. erst aus der nähe wird der geruch wahrnehmbar: nach feuer, nach feuchtem, verbranntem holz. der dachstock der hütte ist vollkommen ausgebrannt, verkohlt ragen einst tragende balken ins nichts. das dunkle holz der fassade ist in großen stücken weggerissen, sodass darunter die verletzliche helle des innenraums sichtbar wird. auf dem tisch neben der feuerstelle steht eine zu drei vierteln volle weinflasche, *moscato d'asti* liest du, dein gesicht gegen das gitter gedrückt. über die rückenlehne der bank ist eine schwarze regenjacke drapiert. der brunnen plätschert weiter in die stille der lichtung hinein, die schatten wandern langsam.

manchmal, im halbschlaf, schwebst du über den garten und die straße zurück in anankes zimmer. es ist erstaunlich, wie klar du den raum vor dir siehst. zwölf quadratmeter, ein fenster nach westen mit blick auf den garten, ein fenster nach norden, durch das hinter den sträuchern und den zwetschgenbäumen das dach von eurem haus sichtbar ist. der boden parkett, du sitzt auf einem webteppich aus bunten stoffresten, legst eine märchenkassette in das grellbunte kassettengerät mit dem seitlich befestigten mikrofon. ananke und eden auf dem bett: in der südwestlichen ecke, aus holz, schmal, mit hohem fuß- und kopfteil, ersteres dient als kleiderablage, über letzteres sind plüschtiere drapiert. neben der auf den korridor führenden tür, an der östlichen wand, ein filigran bemalter bauernschrank: seine tür knirscht, wenn man sie öffnet oder schließt, und manchmal räumt ihr die winterkleider aus dem bodenfach und versteckt euch dort. ein schreibtisch vor dem fenster nach norden, buntstifte, wachsstifte, ein roter kasten mit wasserfarben. du stellst dich ans bücherregal, ziehst die kiste mit den puppen heraus, mit den playmobil-figuren, und streifst dann über die sammlung aus steinen und muscheln und federn und tierknochen, die anankes wertvollsten besitz darstellt: alles, was am ende von uns übrig bleibt.

du weißt, dass es keinen sinn ergibt, doch als die maschine über wien in sinkflug geht, hast du das gefühl, dass ananke bei dir sein müsste, neben dir. doch nein, doch nein. doch nein: der sitz zum gang ist leer, bleibt leer, das leder kalt, während ihr über sonnenblumenfelder schwebt.

ihr sitzt im wald am boden, kreisförmig zwischen tannen-
wurzeln, brombeersträuchern. eure schienbeine zerkratzt,
erdspuren als kriegsbemalung auf euren gesichtern. auch:
schweißgeruch, insektenstiche auf kindlich runder ober-
armenhaut, ein feuer heiß zwischen euch. cato klappt das
taschenmesser auf und sagt, also los. du schneidest, furcht-
los, schmerzlos. dreimal, sagt eden, und nah, nicht zu nah
nebeneinander. blut dringt in feinen tropfen aus deinem arm.
hinreißend: du bewunderst das rot, seine vollkommenheit.
die wärme und geborgenheit. diesen beweis, dass du. dass
in dir. du presst dich, du presst dein ich gegen cato, gegen
vienna. gegen ananke. gegen eden auch. in der hoffnung, dass
aus fünf eins. dass aus fünf einzelnen ein ganzes werden kann.

noch immer geschieht es, dass du mitten in der nacht aufwachst und nicht mehr weißt, wo du, wer du bist. nebenan
schläft eden, der atem regelmäßig und tief. du greifst auf der
suche nach einem fixpunkt nach der taschenlampe, die du
zwischen matratze und federrost, und als du auf ihren knopf
drückst, kommt leben in die nacht, und staubpartikel tanzen,
einer unbekannten choreografie gehorchend, im blassgelben
kegel aus licht durch die dunkelheit.

an einem samstag zu beginn des sommers steigt ihr mit avi ins
auto und fahrt in den laden der eisfabrik. euch fröstelt, als ihr
in kurzen hosen zwischen den großen kühltruhen durchgeht,
gänsehaut auf euren dünnen armen. jedes von euch darf eine
sorte eis auswählen, und es fällt dir jedes mal schwer, dich zu
entscheiden. es gibt welche in raketenform, es gibt kinderver-
sionen der glacés für die erwachsenen, mini-kim zum beispiel
oder die cornets mit den smarties, und dann gibt es die mit
dem fingerdicken kern und dem nussgespickten mantel aus
schokolade. du schüttelst den kopf über anankes lieblings-
eis, über anankes art, dieses zu essen: der indianer auf der
gelben verpackung, das rote gesicht mit dem imposanten fe-
derschmuck; wie ananke sie vorsichtig entfernt, achtgebend,
den häuptling dabei unversehrt zu lassen, um dann zuerst die
zarte schicht schokolade von der spitze abzunagen.

gleitschirmflieger über dem friedhof. quellwolken über dem
see. segelschiffe. in einem anderen jahr wärt ihr heute zusammen schwimmen gegangen. die glatte haut einer nektarine. die süße des safts bleibt an deinen lippen, an deinen
fingern kleben. schwärme winziger fische in formation über
dem dunklen metall des rosts. füße knöcheltief im wasser.
nasse bauchhaut, rot, wund von stunden auf dem surfbrett.
es scheint dir, als trüge das wasser die schreie von den jahr-
marktattraktionen vom anderen ende der bucht bis zu euch
hin: in einem anderen jahr. in jedem anderen jahr.

es regnet, und in den bergen fällt der erste schnee; am nächsten tag geht die schule wieder los. du suchst in deinen gedanken nach der grenze zwischen kind und nicht mehr kind. es ist um diese zeit, dass ananke und du eine sprache entwickelt, die nur ihr versteht. die ohne worte auskommt.

dieses lachen. nein, nicht lachen: gelächter. durchbohrt die nachbarschaft, gärten, häuserwände. du schließt die augen und siehst hexen in märchen; die tonale materialisierung von hohn, von schadenfreude, grell in deinen gehörgängen, lässt dich die augen zukneifen im vergeblichen versuch, nicht zu hören. die grenzüberschreitungen des sommers, die immer wieder unerwartete, unerwünschte nähe zu euren nachbarn, wenn balkone, wenn gärten, wenn sonst ungenutzte zwischenräume zu wohnzimmern werden. du fliehst die jahreszeit, deine saison der dunkelheit. tagsüber die sonne meidend, die wärme, die nach nackter haut suchenden augen, bist du dankbar für jede wolke, die sich vor die sonne schiebt, dich von der pflicht befreit, heiter zu sein, vom zwang nach aufgesetzter fröhlichkeit; und bei einbruch der dämmerung: versuchst, den insekten zu entgehen, den in eintracht versammelten freundeskreisen.

du bist neunzehn jahre alt, und es ist später frühling, früher sommer: es ist der dreiundzwanzigste juni, der abend des sankt-hans-festes in dänemark. du bist gestern angereist, mit dem nachtzug bis hamburg, von dort weiter in knapp vier-einhalb stunden bis kopenhagen, wo cato dich am bahnhof abholt. es ist das erste mal, dass du cato in dänemark be-suchst, und das nach über zehn monaten, jetzt, wo es für cato selbst die letzten wochen sind vor der rückkehr. ananke, eden und vienna waren mitte dezember für einige tage hier, doch du hattest semesterendprüfungen und musstest lernen, und nachher hat es irgendwie auch nie mehr geklappt, bis jetzt. eigentlich hätte vienna dich begleiten sollen, doch vien-na liegt zu hause mit einem offenen schienbeinschaftbruch im krankenhaus und wartet auf die operation: radfahren müsste man können. doch auch ohne vienna ging alles gut, du bist da. ihr verbringt den nachmittag in der stadt, cato zeigt dir den rundetårn und die kleine meerjungfrau, ihr esst am nyhavn smørrebrød und zimtschnecken, begleitet vom kreischen der möwen, und du kaufst für eden zum geburts-tag ein t-shirt und einige gegenstände für eure gemeinsame wohnung. catos wohnung liegt in nørrebro, in der nähe des zoologischen museums, hat zwei kleine zimmer, eine kleine küche und einen kleinen balkon, und cato sagt, was für ein glück, dass auch ich klein bin. vom balkon aus kann man den fælledparken sehen, dahinter den øresund und, bei gutem wetter, in der ferne sogar schweden. du bist müde, und ihr geht früh schlafen, es ist etwas eng zu zweit in dem schmalen bett, doch die alte vertrautheit stellt sich schnell ein, und am morgen fragst du dich, wie du das die letzten zehn monate doch irgendwann kannst du nicht mehr. deine nerven. deine geduld. deine gedanken. alles hörbar. alles immer hörbar, du hältst es nicht länger aus in deinem kopf. und so fliehst du, fliehst ans meer, zu den wellen, die sanft, die gleichmäßig, die vorhersehbar. du gehst, wo weder wasser noch sand, wo beides, wo grenzen verschwimmen, verschwinden, nicht fix sind. nie fix sind.

ohne cato ausgehalten hast. ihr frühstückt auf dem balkon und fahrt dann mit der bahn nach ishøj, besucht das arken museum, doch dich faszinieren das meer und das licht mehr als die moderne kunst. am abend ist cato zum sankt-hans-fest mit freunden verabredet, du fragst, ob es auch wirklich in ordnung ist, wenn du einfach mitkommst. natürlich, sagt cato, was glaubst du denn, was das für freunde sind, zu hause wäre das doch auch nicht anders. du zögerst, schaust weg, und auch cato wird verlegen, sagt jedoch nichts, sagt nur, jedenfalls, du bist ganz sicher herzlich willkommen. das fest findet auf sydhavnstippen statt, einer landzunge in kopenhagens süden, und cato leiht sich von den nachbarn ein fahrrad für dich, sodass ihr am frühen abend zusammen zum treffpunkt fahren könnt. wie versprochen empfangen catos freunde auch dich mit offenen armen; ihr sammelt schwemmholz für euer eigenes großes feuer am meer, es gibt hering und kartoffeln und viel wein und bier, und obwohl die sonne kurz vor zehn untergeht, wird und wird es auch danach nicht dunkel, nicht bis mitternacht, nicht danach. du sitzt etwas abseits vom feuer auf einer düne und blickst auf das meer hinaus, als cato sich mit einem teller blaubeerpfannkuchen und kirschkuchen und einer großen tasse apfelcreme neben dich setzt. genug für zwei, sagt cato und stellt teller und tasse zwischen euch in den sand, dir einen löffel reichend. erst jetzt, nach mehr als vierundzwanzig stunden, fragt cato dich nach den anderen, will wissen, wie es vienna und eden und ananke geht. du hast natürlich gehört, dass der besuch im dezember nicht ganz reibungslos gelaufen ist, doch was genau passiert ist, weißt du nicht. eden hat bloß andeutungen gemacht, hat, dir wird klar, warum du den strand liebst, warum du dich hier, in der fremde, zu hause fühlst. denn ein strand ist nicht *ein* strand: ein strand bleibt nicht, sondern wird. ist nach jeder ebbe, nach jeder flut ein anderer: neuer sand. neue wellen. neu die muscheln, die schneckenhäuser, die abdrücke im feuchten sand, von füßen und schuhen und hundepfoten. neu die landschaft aus sandwurmkringeln, neu das muster, das die fahrräder, das der traktor zurücklässt, als er die spuren des vortages verwischt. neu die boote, neu die nacktheiten, neu die seiten in den büchern, die noch ungeschrieben sind. neu die dellen, die krater, die löcher, gegraben, geformt, mit wasser gefüllt, mit luft. neu die tanzspuren der vögel. neu die algenschleier, schimmernd weiß und neongrün. neu die frisuren, die wasserpflanzenperücken auf den steinen. neu die skelette der krebse, die an schädel erinnernden schalen der seeigel. neu die zeichnungen im sand. neu die tümpel, die der nächtliche regen zurückgelassen hat. neu die zweifel, die fragen, neu die möglichen antworten. neu der lauf der süßwasserzuflüsse, die den strand in unregelmäßigen abständen queren. neu der wind und die wolken und die schiffe am horizont. und schließlich, abends: sandburgen stürzen in sich, der tag wird in taschen verpackt. kein klatschen mehr von bällen auf haut. nicht mehr der tropfenregen aus hundefell. nicht mehr die kinder, die hin und zurück, die kreischen, lachen, die kälte des meeres nicht spüren, die zappeln: im wasser, im sand. was bleibt, für einen weiteren moment: der sand überall, in taschen, tüchern, ohren, zwischen zehen, unter nägeln, am nächsten tag als kruste, die die augenlider verklebt: nichts als die flüchtigen überreste eines traums.

als du am abend der rückkehr fragtest, wie es gewesen sei, gesagt, es sei schwierig gewesen, schwierig insofern, als ananke mal wieder, als ananke mal wieder nicht. du hast mehr wissen wollen, was hat ananke mal wieder, was hat ananke mal wieder nicht, doch eden hat nichts mehr gesagt, hat bloß gesagt, ach nichts, ich sollte nicht, ich weiß, es hat alles seine gründe, auch wenn sie manchmal schwer nachzuvollziehen sind. du hast am nächsten tag vienna gefragt, doch vienna hat bloß die schultern gezuckt, es war nichts, war viennas kommentar, es war bloß zirkus, bloß theater, du weißt doch, wie das ist. du wusstest nicht, wie das ist, nicht in diesem fall, und so hast du bei einem abendspaziergang auch ananke gefragt, hast gefragt, was ist in kopenhagen passiert. ananke hat geseufzt, hat den blick abgewendet und den kopf in den nacken gelegt, als wüsste der sternenhimmel über euch über die ereignisse in kopenhagen bescheid, und hat dann gesagt, nichts, gar nichts war, eden und cato machen sich bloß viel zu schnell sorgen. jetzt, ein halbes jahr später, unter dem sternenlosen dänischen mittsommerhimmel, sagst du, dass es den anderen gut geht, dass eden häufig beim training ist und vienna den sommer über wieder bei der zeitung arbeitet und dass ananke schon jetzt viel zeit in der bibliothek verbringt, lernend, sich sorgen machend um die großen prüfungen im august. gut, sagt cato leise, das klingt gut, und ich bin froh, und reicht dir einen halben pfannkuchen, iss schon, du bist viel zu dünn. du überhörst die bemerkung, sagst nichts, den mund voll pfannkuchen, wartest, dass cato noch mehr erzählt, endlich von den tagen im dezember erzählt. weißt du, sagt cato dann, ananke macht mir manchmal angst. du hältst die luft an, hörst du gehst barfuß im sand, auf schwarzen steinen, die von der letzten flut noch feucht glänzen im sonnenschein. algen neongrün leuchtend: ein teppich unter deinen zehen. das wasser stahlblau, schiefergrau, silbern unter wolken, die amorph über dir nach osten treiben. du bist allein, und folglich bist du nicht, bist nicht länger, hast nicht zu sein. da ist niemand, der dich festhält, festhalten könnte, wollte, da ist niemand, der dich zu fixieren, zu bestimmen, einzuordnen sucht. während die möwen wie geier über dir kreisen und du zwischen der ansteigenden flut über die noch aus dem wasser ragenden sandhügel balancierst die erkenntnis, dass du, von euch beiden, das schattenkind bist. und dass es deine aufgabe ist, dafür zu sorgen, dass eden in der sonne steht. was offen bleibt: ob du je eine wahl hattest, und wenn ja, ob du dich jetzt anders entscheiden würdest. auch: ob du die schatten aktiv suchst oder ob sie dich ganz von allein finden und du nur in edens nähe zu bleiben und sie abzufangen hast. du wirst zur leerstelle in der luft, um die, durch die der wind bläst. du bist atem in lungenflügeln, herzschläge im kreischen der möwen. du bist abdrücke auf sand, von der nächsten welle ausgelöscht. salz auf haut, die spröde wird. trocken. wie herbstlaub, wie pergament: zerbröselbar. staub. nichts.

mit kauen auf und suchst catos blick, doch cato schaut aufs meer hinaus, zu dem feinen streifen gelben mitternachtslichts zwischen schwarzem meer und blauem himmel, und cato sagt, die stimme nicht mehr als ein flüstern, weißt du, noch immer, noch immer sehe ich, jedes mal, wenn ich die augen schließe, die blasse haut und die schnitte und das blut, die roten tropfen, die schneeweißen narben, das feine blau der adern, und ich höre ananke, ich höre, wie ananke sagt, lasst mich, es ist nichts, es ist alles gut, wie es ist.

du legst das notizbuch weg.

hundertfünfzig tage ist es her, exakt hundertfünfzig tage. ihr fragt euch mitunter, ob ein herz, das hundertfünfzig tage lang still gestanden hat, wieder zum schlagen gebracht werden könnte. wenn es denn nicht verbrannt worden wäre. wenn seine asche denn nicht unter der erde läge. wenn ihr denn inständig genug darum bitten würdet, dafür beten. doch nach hundertfünfzig tagen nützt auch euer bitten, euer beten nichts mehr: nach hundertfünfzig tagen brennen alle sicherungen durch.

vienna ist bereits merklich angetrunken, als du dich neben cato an den tisch setzt. eden zieht den stuhl neben vienna hervor, winkt der bedienung. endlich, sagt vienna, ihr habt euch ganz schön zeit gelassen. hört nicht hin, sagt cato, vienna ist betrunken. bin ich nicht. bist du doch. du bestellst ein glas apfelschorle, eden einen gin tonic. und noch ein bier, bitteschön, sagt vienna und zu dir, im ernst, apfelschorle. du lutschst doch nicht etwa wieder deine serotonin-bonbons, oder. haha, sagst du und dass du keine lust hast, dass dir bei der hitze nicht nach trinken ist. sachen gibts.

ihr habt den kiesplatz vor der alten eisenbahnwaggon-bar für euch. die sonne fällt langsam vom himmel, doch es ist immer noch warm. seit wochen ist es warm. aus offen stehenden fenstern dringt die geräuschkulisse eines fußballspiels bis zu euch, weltmeisterschaft. du gähnst, du bist müde, tagesmüde, fußballmüde, sommermüde, die wochen erscheinen endlos.

du wärst viel lieber irgendwo, wo es kühl ist, wo vielleicht schnee liegt, als hier, im süßen schatten der platanen, das rattern der straßenbahnen, das grölen der fußballfans im ohr. du wärst lieber allein, nicht mit deinen gedanken, sondern schlafend, ohne bewusstsein, außerhalb der zeit. stattdessen: gartenwirtschaft, vienna angetrunken, cato auf bestem weg dahin und eden ... eden ist eden. du schiebst das glas mit apfelschorle vor dir auf der tischplatte umher, von der die gelbe lackierung in flocken abblättert, den rost, den zerfall, die verwahrlosung entblößend. du brauchst keinen abschluss in psychologie, um zu erkennen, dass es vienna nicht gut geht, seit wochen nicht gut geht, doch dir fehlt die kraft, du hast nicht die geduld, ich kann nicht, hast du mehrmals zu eden gesagt, und du bezweifelst, dass ihr könntet. aber es muss doch etwas, hat eden gesagt, wir können doch nicht einfach. jetzt also: die sonne sinkt tiefer, tore werden bejubelt, ausgebuht, und um euch werden kerzen angezündet. die anderen bestellen etwas vom grill, doch du hast keinen hunger, probierst bloß, von eden ein stück ananas, von cato etwas wurst: für den gluscht. leere gläser werden gegen volle eingetauscht, cato und eden beginnen zu kichern, und vienna, vienna ist vollkommen blau: vienna ist in topform.

ich habe eine idee, sagt vienna und pocht mit dem zeigefinger dreimal auf den tisch, ich habe eine fantastische idee. du lehnst dich im stuhl zurück, dich wappnend für alles, für viennas volles potenzial an alkoholinduzierter idiotie. lass hören, sagt cato schließlich, wissend, dass ihr ohnehin nicht darum herumkommt, dass vienna ideen nur ungern loslässt. danke, cato, für das wort, sagt vienna und verbeugt sich, bis die stirn auf die tischfläche trifft, dann hört zu, ihr lieben, hört mir zu, denn: meine idee ist revolutionär, meine idee wird euch alle erlösen, ihr werdet mir ewig dankbar sein. warum, fragt ihr euch. darum, sage ich, da-rum: ich habe eine idee, wie wir ananke loswerden, wie wir uns von anankes geist befreien können. neinneinnein, einen augenblick. ich weiß, ihr denkt, ich spinne, ihr denkt, jetzt ist vienna vollkommen übergeschnappt. doch keinesfalls, ich sehe absolut klar: ich sehe, dass es euch nicht gut geht. ihr mögt lachen, ihr mögt aufstehen und atmen den ganzen tag und funktionieren, doch abends legt auch ihr euch hin mit den gedanken, mit den bildern hinter den lidern, abends seid auch ihr einfach nur froh, ist der tag vorbei.

du drehst dein glas hin und her, denkst daran, aufzustehen und zur toilette zu gehen. vienna ist vienna, vienna redet gern. vienna redet und lallt in besoffenem zustand nicht, vienna wird bloß noch ein bisschen verrückter; alles andere bleibt gleich. dennoch bezweifelst du, dass du dir das jetzt anhören willst. kannst. solltest. doch etwas, etwas lässt dich sitzen bleiben, deine müdigkeit, eine plötzliche unfähigkeit, dich zu bewegen. ihr müsst euch nicht schämen, fährt vienna fort, ich weiß nicht, wie aufmerksam ihr zugehört habt, doch ich erinnere mich noch an edens vorlesungen, dass sie gesagt haben, ein gewisses maß an trauer sei positiv, natürlich, notwendig. und ich wette, ginsburg hat dir (vienna zeigt über den tisch hinweg auf dich), ginsburg hat dir dasselbe gesagt. doch bei uns handelt es sich um einen anderen fall, wir sprechen nicht mehr von positiver, von notwendiger trauer. ich sage euch:

ananke ist als geist weiter unter uns, hier, jetzt, mit uns am tisch, ananke hört zu, ananke schaut uns über die schulter, ananke ist immer auch da, und ich sage euch: das geht so nicht weiter, das macht uns kaputt.

es ist still. dir ist unwohl, du möchtest etwas sagen, möchtest widersprechen, vienna aufhalten, am weiterreden hindern, doch da sitzt ein kloß in deinem hals, als hättest du ein ganzes ei verschluckt. keine angst, sagt vienna, ich bin wirklich nicht vollkommen übergeschnappt, ich habe kapiert, dass ananke tot ist, ich weiß, was tot heißt, ich weiß, dass ananke nicht zurückkommt, nicht als ananke: ananke ist in flammen aufgegangen, ananke ist begraben. doch ich sage euch, etwas muss schiefgegangen sein, ein teil anankes ist entwischt, ist nicht dort unten, ist nicht in diesem loch. (du willst nicht, du schiebst den gedanken weg, und dennoch drängt sich virginia woolfs mrs. dalloway ganz nach vorn: *[…] that since our apparitions, the part of us which appears, are so momentary compared with the other, the unseen part of us, which spreads wide, the unseen might survive, be recovered somehow attached to this person or that, or even haunting certain places after death … perhaps – perhaps.*) und das ist es, was uns umtreibt, euch und mich, was uns nachts aufschrecken lässt, durch die tage wandeln wie gelähmt, wie marionetten geführt von fremden intentionen, scheinbar willig, in wahrheit willenlos.

du suchst edens blick, catos, doch ohne erfolg, die beiden fixieren vienna; wie in trance starren sie, die augen weit offen, das spiegelbild der kerzen auf ihren augäpfeln. und ganz

ehrlich, das sollte uns nicht erstaunen, nutzt vienna eure träg-
heit aus, dreht es euch nicht auch fast den magen um bei der
vorstellung, beim gedanken an ananke, da unten in dem loch:
eingesperrt, bewegungslos, ohne möglichkeit, die vögel singen
zu hören, das frisch geschnittene gras, das trocknende heu zu
riechen, den zug der wolken am blauen himmel zu verfolgen.

dir ist schlecht. halt, willst du sagen, stopp, vienna, doch sowie du den mund öffnest, spürst du das saure kitzeln von
galle in der speiseröhre, um den kloß, um das ei. du wischst
dir den schweiß von der stirn und schweigst. ich habe ananke
geliebt, sagt vienna, ich liebe ananke immer noch, das hört
nicht einfach auf, und der gedanke an dieses dunkle, feuchte,
an dieses beschissene loch beelendet mich. ich weiß, dass ich
nicht übertreibe, wenn ich behaupte, dass auch ihr ananke
geliebt habt, dass ihr, wäre ananke noch am leben, alles tun
würdet, alles, um zu verhindern, dass ananke leidet. und so
sage ich euch, so sage ich: es gibt nur eine lösung. ich habe
lange nachgedacht und bin überzeugt: es gibt nur eine lösung. wenn wir unsere ruhe haben wollen, bleibt uns nichts
anderes übrig, als ananke da rauszuholen. ob es euch passt
oder nicht: wir müssen ananke aus diesem scheißgrab befreien, und das möglichst bevor …, bevor …

vienna kippt den kopf nach hinten und lässt die letzten schlu-
cke bier aus dem glas in den offenen mund rinnen. winkt der
bedienung, die sogleich ein neues bringt. im schweigen der
anderen suchst du nach worten, nach sätzen gegen vienna.
ihr seid euch diese tiraden, diese auswüchse von viennas hirn

196

gewohnt, doch das heute, das eben: dir ist nicht wohl bei dem gedanken. hör auf, vienna, sagst du, du bist betrunken und, doch bevor du den satz beenden kannst, schaltet sich cato ein. und, vienna, was schlägst du vor, worin konkret besteht deine idee. die worte gedehnt, flüssig irgendwie, die abstände dazwischen im alkoholdunst verloren. ich sage, sagt vienna, ich sage: probieren geht über studieren, ich sage: wir fahren nach hause und graben ananke aus.

du schüttelst den kopf. du stehst auf und gehst über den kies-platz zu dem container, in dem die toiletten untergebracht sind. eine unruhige, von fernsehflimmern und hupgeräu-schen durchflochtene nacht hat sich über das quartier ge-legt, die dunkelheit vibriert um dich. das licht im container ist klinisch kalt, die spülung zerreißt den lauf der zeit, und du erschrickst, als du dich selbst im spiegel siehst. wie bleich. wie deutlich die ringe um deine augen, deren fiebriger glanz. du wäschst dir die hände, spritzt dir wasser ins gesicht und musst gegen den plötzlichen drang ankämpfen, dich auszu-ziehen, dich zu waschen, unter den achseln, zwischen den zehen, dein geschlecht. dir ist, als hätten sich viennas worte wie ein film auf deine haut gelegt, wie spinnennetze kleben sie unsichtbar an den härchen auf deinen armen, zwischen deinen wimpern, behindern deine atmung.

du hast keine ahnung, wie viel zeit vergangen ist, als du dich wieder zu den anderen an den tisch setzt. genug, hoffst du, damit sich bei vienna die ersten anzeichen von nüchternheit bemerkbar machen. du kommst gerade richtig, sagt cato, wir brechen auf. wohin, was habt ihr vor. wir fahren, sagt eden, wir fahren nach hause. ihr fahrt heute ganz sicher nirgendwo mehr hin, ihr seid alle sturzbetrunken. richtig, sagt vienna, wir fahren nicht, *du* fährst. an einem anderen abend würdest du jetzt in lachen ausbrechen. oh nein, ich fahre heute genauso wenig irgendwohin wie ihr; womit auch. vienna schiebt einen schlüssel über den tisch zu dir, metall auf metall singt in deinen ohren, und sagt, damit. du hebst den schlüsselring hoch, begutachtest ihn ostentativ im flackernden kerzenlicht. da baumeln: ein briefkastenschlüssel, ein metallener mercedesstern. ich bin nicht dein briefträger, vienna, sagst du und wirfst den schlüssel über den tisch in viennas schoß. von wegen briefträger, sagt vienna und schiebt dir den schlüssel wieder zu, du kennst doch peril, von dem haus, in dem ich wohne. nun, das ist der schlüssel zu perils wagen. du staunst mit stiller verwunderung: die drei sind besoffener, als du angenommen, als du für möglich gehalten hast. ihr spinnt doch, alle drei. ganz und gar nicht, sagt cato, der adenauer ist zwar ziemlich alt, doch er fährt sich hervorragend. du glaubst, du hörst nicht richtig. (du glaubst, du hörst nicht richtig, doch leise regt sich in dir auch etwas wie bewunderung: der leicht-, der irrsinn des ganzen.) du wendest dich an vienna. stimmt das, vienna. du hast peril nicht nur den schlüssel geklaut, sondern bist tatsächlich auch schon mit dem wagen *gefahren*. nun, wir haben gestern einen kleinen ausflug in die alpen gemacht, cato und ich, sagt vienna und grinst dich breit an, nun musst du sagen, ob das für dich schon einen fall von *fahren* darstellt. (und oh, wie du dir mühe gibst, wie du gegen das zucken in deinen mundwinkeln ankämpfst.) und glaub ja nicht, es falle mir leicht, dir das steuer zu überlassen. doch wir wollen ja schließlich nicht, dass dem guten stück etwas passiert, oder. du hast verloren, du siehst ein, dass du verloren hast: *what does the brain matter compared with the heart?*

du nimmst den schlüssel. vienna bezahlt, und ihr geht den hügel hinab, wo der adenauer auf einem parkplatz am fluss steht. ist er nicht schön, sagt vienna und täschelt sanft das heck des wagens, fünfzig jahre alt, und man gibt es ihm kein bisschen. du setzt dich auf den fahrersitz, cato neben dir, vienna und eden auf der rückbank. du fährst mit der hand über das helle holz des armaturenbrettes, die uhr zeigt kurz nach zehn, über das weiche schwarze leder der durchgehenden sitzbank. du streckst die hand aus nach dem flamingo, der wie aus der zeit gefallen am rückspiegel baumelt, und erschrickst, als vienna von hinten sagt, ist ein automatikgetriebe, um dann, den henkelverschluss von einer bierflasche schnippend (wo kommt die plötzlich her, fragst du dich), hinzuzufügen, muss ein heidengeld gekostet haben damals. du sagst nichts, kurbelst stattdessen das fenster auf der fahrerseite nach unten, die nachtluft plötzlich kühl auf deinem heißen gesicht. du steckst den winzigen schlüssel ins zündschloss, atmest noch einmal tief durch und startest den wagen, du sagst laut, fahren wir. du sagst leise, in deinem kopf, fahren wir und hoffen auf nüchternheit, auf nüchternheit und vergessen, fahren wir, so lange, bis eine umkehr möglich wird.

obwohl sich der wagen leicht fährt, beinahe geschmeidig, kleben deine hände schweißig am lenkrad. immer wieder

nimmst du den fuß vom gas, die rotlichter, die straßenbahnen, die angst drückt dir wie mit fingern von hinten gegen die
augen, die angst, das auto zu schrott zu fahren, rausgewinkt
und als die diebe identifiziert zu werden, die ihr im grunde
genommen seid. mach dir keine sorgen, sagt vienna (vienna
kennt dich gut), peril ist das egal, peril hat noch einen bentley,
einen aston martin und, haha, seit drei wochen altershalber
keinen führerschein mehr. vienna lacht, ein hämisches, ein
schadenfreudiges, ein böses lachen, und du bist nah daran,
an den randstein zu fahren, den schlüssel abzuziehen und
auszusteigen, deine drei besoffenen freunde in dieser juli-
nacht allein zu lassen, sollen sie doch selbst schauen, wie sie,
sollen sie doch allein. doch nein, natürlich, natürlich nicht:
what does the brain matter, what indeed. als du in die auto-
bahneinfahrt einspurst, öffnet cato das handschuhfach und
holt einen lautsprecher daraus hervor, und nach kurzem hin
und her leuchtet das licht von viennas telefon krank blau von
der rückbank. schon füllen die ersten takte das innere des
adenauers, eden trommelt im rhythmus von *the waves* auf
deine rückenlehne. darauf folgt *stand by me*, und du beißt
dir auf die lippen, greifst das lenkrad fester, die knöchel an
beiden händen weiß. als du als nächstes arcade fires *we used
to wait* erkennst, blinzelst du, blinzelst, blinzelst die tränen
weg, nicht jetzt, jederzeit, bloß nicht jetzt, und sagst, bitte,
vienna, bitte nicht, und dann wird es endlich ruhig, und
du fährst auf den parkplatz einer autobahnraststätte und
schlägst mit der stirn gegen das lenkrad, bis eden sagt, lass
das, es reicht.

ich habe hunger, sagst du, du brauchst zeit, du weißt, dass du so nicht weiterfahren kannst. ich gehe, sagt eden und öffnet die tür, wer will was. du schaust eden nach, dein zwilling, der sich als schwarzer scherenschnittschatten von dir wegbewegt, im kalten licht des raststättenshops. du öffnest die tür, lehnst den kopf zurück, das leder kühl an deiner nackenhaut. cato hat die augen geschlossen, ein speichelfaden im mundwinkel. du beugst dich über den sitz und streichst ihn mit dem finger weg.

schöne scheiße, das alles, nicht, sagt vienna plötzlich in dein linkes ohr, begleitet von bieratem, warm und feucht kitzelt er dein sich sträubendes nackenhaar. darüber hinaus reagierst du nicht, doch vienna lässt sich davon nicht abhalten. schöne scheiße dieses ganze jahr. wer hätte gedacht, wer hätte es gedacht. erinnerst du dich an anankes letzten geburtstag. wir hätten feiern sollen, richtig, nicht so …, nicht so …, du weißt schon: es hätte ein fest sein sollen, ein rauschendes. vielleicht wäre dann alles anders gekommen, wer weiß. stattdessen: das. das alles hier, jetzt. machst du dir vorwürfe. schon gut, du musst nicht antworten: ich weiß, dass du dir vorwürfe machst. keine angst, ich mache sie mir auch. wir hätten, wir hätten, wenn wir früher, hätten wir: es hätte möglich sein müssen. wir hätten fragen sollen, tun, nicht einfach wegschauen, nicht einfach warten, nicht einfach sagen sollen, geduld, geduld. neben dir stöhnt cato im schlaf, ein kindliches, ein verletzliches stöhnen, das dich und vienna den atem anhalten lässt. doch nein, cato wacht nicht auf. ich muss es dir sagen, sagt vienna, irgendwann muss ich es jemandem sagen, und warum nicht jetzt, warum nicht jetzt dir: ich habe ananke noch einmal besucht da unten, letzten herbst. wir haben zusammengesessen, sind durch die felder spaziert. wenn ich die augen schließe, fühle ich noch die sonne auf der haut, den maisstaub aus der mühle in der nase. ich blieb zwei tage, zwei tage nur und eine nacht, und während ich ananke klar vor mir sehe, die silhouette im mondlicht vor der hütte, die hände, die eine tomate pflücken, die die zitzen der ziegen massieren, hände, die rissig sind, wund, aber entspannt, auf eine eigene art zufrieden, während ich das alles vor mir sehe, hier, jetzt, als wäre es gestern erst passiert, erinnere ich mich nicht an ein wort, an keinen satz, der zwischen uns in der luft gehangen hätte. ich habe anankes stimme verloren, nicht das lachen, nein, nicht das lachen, das sitzt zu tief, auch wenn es in den letzten jahren kaum noch: das lachen bleibt. doch die stimme, die stimme, die ruhig vom tag erzählt, von der arbeit auf dem feld, die in der fremden sprache mit den nachbarn spricht, diesem warmen singsang, der für mich immer lebensfreude symbolisierte, lebenswissen auch, lebenssinn vielleicht gar, zu dem ich aber nie zugang, der mir verschlossen blieb und der, jetzt, nach ananke, auf einmal … vienna verstummt einen augenblick. du öffnest in der dunkelheit des wageninnenraums die augen, zählst glühwürmchen, von denen du nicht weißt, ob sie echt, ob sie sterne, ob sie nur in deinem kopf; du wartest. dann ertönen aus richtung der raststätte schritte auf asphalt, und noch bevor eden den wagen erreicht, sagt vienna: ich wollte bloß, dass du das weißt.

alles in ordnung mit euch, fragt eden und lässt sich auf die rückbank fallen. reicht dir ein in zellophan verpacktes sandwich, eine plastikflasche, an der die sommernacht kondensiert.

bald befindet ihr euch wieder auf der straße, auf halbem weg zwischen der stadt und dem see. du fährst langsam, vorsichtig, das sandwich liegt auf deinem schoß, und cato trinkt von deiner cola. die wenigen wagen, die euch um diese zeit überholen, sind nicht mehr als entschwindende rücklichter in der nacht. du denkst an das, was vienna zu dir gesagt hat, vorhin. es tut still gut, dass du nicht allein bist, dass du nicht allein leidest. andererseits: der schmerz, die ohnmacht werden dadurch nicht kleiner, und du weißt nicht, wie du vienna helfen sollst, du weißt ja nicht einmal, wie du dir selbst helfen sollst. du fragst dich, was du hier machst, wohin genau ihr fahrt und zu welchem zweck. das fahren allein ist zweck genug, sagt vienna, als hättest du die frage laut gestellt, und dann graben wir ananke aus. ich kann immer noch jederzeit umdrehen, sagst du dir, ich muss nicht ostwärts, nichts hält mich davon ab, hier, jetzt, bei der nächsten ausfahrt, es gibt einen weg zurück. doch du drehst nicht um, du setzt den blinker nicht, nicht bei der nächsten ausfahrt, nicht bei der übernächsten. die nacht ist schwerelos um euch herum, und als vienna die musik wieder einschaltet, singen bauhaus *all we ever wanted was everything*.

du fällst die entscheidung nicht, sie ist irgendwann einfach da, und dir fehlt die kraft, dich dagegen zu wehren. da ist keine wut mehr, kein zorn auf den gang der zeit; da ist kein wille mehr, kein höheres ziel; da ist nur noch eine müdigkeit, eine erschöpfung, die dir wie blei in den gliedern sitzt, wie das schrot an der angelschnur: du wirst fahren, du wirst fahren, wohin vienna und cato und eden dich fahren heißen, von dir aus nach osten, von dir aus nach hause, von dir aus ans ende der welt.

die einsicht befreit dich, dein griff um das lenkrad lockert sich; und kurz nachdem zu eurer linken der see sichtbar wird, seine leere im dunkel der nacht, die lichterketten, die sein ufer säumen, fährst du von der autobahn ab: die dörfer eurer kindheit, die straßen, die häuser, die wiesen von einst: eck- und treff- und referenzpunkte eurer vergangenheit. du nimmst gewicht vom gas, und am ortseingang, auf der straße, die zum friedhof führt, sagt cato, wach plötzlich und mit süffiger zufriedenheit, da wären wir. da sind wir. da seid ihr. ich muss pinkeln, sagst du. ist das dein ernst. kann das nicht warten. dann piss an einen baum, davon gibt es auf dem friedhof genug. du ignorierst die stimmen um dich, die aus der dunkelheit des wagens kommen mögen, von deinen freunden, die, so stellst du dir vor, jedoch genauso gut auch in dir sein könnten, in deinem kopf, und fährst am eingangstor des friedhofs vorbei. wohin fährst du. nach hause, sagst du, und plötzlich ist dir nach lachen zumute, nach lautem, irrem grölen, doch du beißt dir auf die zunge, schluckst das glucksen in deiner kehle und festigst deinen griff ums lenkrad. das kannst du nicht, sagt eden und legt dir eine hand auf die schulter, als ließest du dich dadurch aufhalten, als seien der adenauer und du ein einziges, als sei eine hand auf deiner schulter gleichbedeutend mit einem tritt auf das bremspedal. wirklich, sagt eden, das kannst du nicht. denk an avi, denk an swann, denk an all die fragen. du fährst durch eure straße, du fährst an eurem haus vorbei, du sagst, es bleibt dabei: ich muss pinkeln. fahr zu vaska, sagt cato neben dir, vaska ist in norwegen. ich bezweifle, dass meine blase eine fahrt nach oslo durchsteht. witz, witz, komm heraus, du bist umzingelt. halt die klappe, vienna. ich meine, zu vaska hier, zu vaskas wohnung. und was nützt mir die wohnung, ohne vaska. ich habe einen schlüssel, noch aus der zeit, als wir …, als vaska und ich … was vaska und du. vaska und du, ernsthaft. wann. das ist …, das geht euch nichts an, das wichtige ist: ich habe einen schlüssel zu vaskas woh-nung, und in der wohnung gibt es ein klo. das warum ist, wie immer, sekundär. du lenkst ab, cato, sagt vienna, als du den adenauer vor vaskas haus zum stillstand bringst, unterschätze nie die macht des motivs, die tragweite eines grunds. cato streckt vienna die zunge raus und reicht dir den schlüssel, und du eilst auf das fremde haus zu, das dich vieläugig zu beobachten scheint, als du den schlüssel ins schloss steckst, als das treppenhauslicht mit einem leisen ticken surrend zu leuchten beginnt, jeden deiner schritte zählend.

als du wieder in die nacht trittst, lehnt cato gegen die motor-haube des adenauers, von vienna und eden keine spur. wo sind die anderen, fragst du. schon auf dem weg, komm. du reichst cato den schlüsselbund zurück, und ihr eilt als schatten über mauern, ihr eilt als schritte durch gassen, ihr eilt durch die nacht. sie warten vor dem friedhofstor auf euch, vienna durch das gitter luchsend, eine schaufel in der hand, einen kessel, eden am boden sitzend dagegengelehnt, das kopfsteinpflaster mit einer taschenlampe ausleuchtend. ihr wartet, sagst du, wie nett von euch. notgedrungen, sagt vienna, das tor ist zu. und jetzt. ab nach hause. spinnst du, wir klettern. hier. spinnst du, sicher nicht an der straße. ihr folgt der friedhofsmauer nach westen, über die wiese nach norden, in den wald. das licht der straßenlaternen wird schwächer, und auch der über den boden flackernde schein der taschenlampe vermag nicht zu verhindern, dass du mehr als einmal ins stolpern gerätst, über wurzeln, über bedornte brombeerranken. eden tritt in eine grube, vertritt sich den fuß und kommt danach nur noch humpelnd voran; die friedhofsmauer weiter zu hoch, zu glatt, als dass ihr darüberklettern könntet. wohin gehen wir. wirst schon sehen. ist es noch weit. oh mann, ihr seid wie kleine kinder, vertraut ihr mir etwa nicht. dir vertrauen. mein fuß schmerzt. ich muss pinkeln. das ist nicht dein ernst, oder. nein, aber. dann sei still, wir haben schon genug zeit verloren.

schließlich: du siehst nicht, spürst aber, wie das gelände unvermittelt steil ansteigt. vienna geht vor dir auf die knie und klettert den hang auf allen vieren hoch, der teppich aus trockenen nadeln wie eine rutschbahn unter euren blinden füßen. und während ihr atemlos nach halt sucht, nach der nächsten wurzel, einem jungen baum, wird die mauer zu eurer linken langsam niedriger, bis sie ganz in den hang übergeht.

der schein der taschenlampe huscht über die gräber, über das von der langen trockenheit braune, dürre gras. die luft ist schwer, ein spürbares gewicht auf deinen schultern, das deinen schritt verlangsamt, als sei es nicht einfache dunkelheit, durch die ihr watet, sondern ein wasser, eine viskosität. die kegel der grabkerzen wie irrlichter, scheinbar körperlos schwimmt ihre helligkeit links und rechts von euch, als du vienna durch die grabreihen folgst, blind, lauschend auf ein geräusch, das das hämmern deines herzes in deinen ohren zu übertönen vermag.

da wären wir, sagt vienna und stellt den kessel ab. du stellst dich vor anankes grab. alles, wie du es kennst, alles, wie es sein sollte. alles, wie es bleiben sollte. sechs drei zwei. das holz des kreuzes schimmert golden im schein des flackernden kerzenlichts. langsam haben sich in den vergangenen monaten die nachbargräber gefüllt, namen in holz gebrannt, asche in erde, blumen, worte, kleine veränderungen, die du bei deinen rückkehren festgestellt hast.

legen wir los, sagt vienna, und es besteht kein zweifel: das ist keine frage, das ist eine ansage. du trittst drei schritte zurück, aus dem weg. du bist zwar da, du wirst da bleiben, doch du willst nicht zuerst, du wirst nicht. eden ziert sich nicht, tritt vor und hebt den rostigen korb vom grab, die weißen blumen fangen das licht, nicken in die nacht. komm, setz dich, sagt cato zu dir und klopft auf das gras neben sich. eden hebt mit sorgfalt esel und engel von anankes grab, wischt staub ab, legt die figuren neben euch. die erde ist trocken, wie festgebacken, das metall des schaufelblatts vibriert hohl in die dunkelheit, als vienna die schaufel das erste mal ansetzt, mit zu viel wucht. vorsicht, sagt cato. leise, sagst du. mannomann, sagt eden.

vienna kommt nur langsam voran, ihr wechselt euch ab. cato schwingt den kessel in der luft und schlägt vor, die erde zu befeuchten, doch ihr verwerft den plan sogleich wieder. spuren, sagt eden, wir können nicht, wir dürfen keine, ein nasses grab zwischen trockenen schreit geradezu nach aufmerksamkeit. die erde krümelt sich, du schlägst brocken von den seiten des lochs, brosamen, der wahnsinn des unterfangens flackert in deine gedanken, je tiefer ihr grabt, die zeit verdünnt die genialität der einstigen idee. vienna beginnt zu summen, irgendwo in deinem rücken, beginnt, eine melodie zu trommeln auf den nackten oberschenkeln, beginnt zu singen, leise.

every man has a black star
a black star over his shoulder
and when a man sees his black star
he knows his time, his time has come

catos und edens stimmen fallen ohne zögern ebenfalls mit ein.

black star don't shine on me, black star
black star keep behind me, black star
there's a lot of livin' i gotta do
give me time to make a few dreams come true
black star

du kannst problemlos mitsingen, die nächsten zeilen liegen bereits auf deiner zungenspitze.

when i ride i feel that black star
that black star over my shoulder
so i ride in front of that black star
never lookin' around, never lookin' around

du weißt, warum vienna singt, warum cato und eden singen.
du weißt, dass in ihren köpfen die erinnerung genauso hell
leuchtet, dass sie ananke lachen, dass sie die sonne über
london untergehen sehen.

black star don't shine on me, black star
black star keep behind me, black star
there's a lot of livin' i gotta do
give me time to make a few dreams come true
black star

vier jahre sind es, vielleicht fünf. ihr feiert euren geburtstag.
ihr liegt im hyde park im gras, die sterne über euch, es gibt
musik, es gibt nacktbaden im serpentine lake, es gibt schwäne,
es gibt küsse, es gibt gemurmelte geheimnisse: es gibt euch.

one fine day i'll see that black star
that black star over my shoulder
and when i see that old black star
i'll know my time, my time has come

das war. was ist: nacht. ein friedhof. gräber. eine schaufel in
deiner hand, schweiß klebt dir das t-shirt an den rücken, die
locken auf die stirn, der puls pocht dir in den schläfen.

black star don't shine on me, black star
black star keep behind me, black star
there's a lot of livin' i gotta do
give me time to make a few dreams come true
black star

schließlich ist es so weit: eden hebt die urne aus dem loch, reicht sie cato. du bietest dein taschentuch an, ihr wischt die erdreste vom gefäß. erstaunlich leicht, sagt vienna. es ist asche, sagst du. es ist ananke, sagen cato und eden. du sagst nichts, beginnst stattdessen, das loch wieder aufzufüllen, die erde zurückzuschaufeln. da diese nun aufgelockert ist, da nun neben erde auch nachtluft im grab liegt, benötigt ihr das von der urne eingenommene volumen gar nicht auszugleichen. cato hebt den blumenkorb zurück auf die aufgeworfene erde, eden stellt die figuren in ihre einstige position. vienna hat einen kleinen handbesen aufgetrieben und wischt die letzten erdkrumen von den schieferplatten zwischen den grabfeldern.

das wäre es.

ihr geht den weg zurück, den ihr gekommen seid, rückwärts in euren eigenen fußstapfen quasi, als ließe sich so umkehren, als ließe sich so vergessen, was ihr getan habt. die flackernden lichtkegel der kerzen. der unruhige schein der taschenlampe. das von den monaten in der erde kalte holz der urne an der warmen, schwieligen haut deiner hände. es ist, wie es ist, sagt vienna.

als ihr an der mauer ankommt, will cato dir die urne abnehmen, damit du zuerst darüberklettern kannst. du weißt, dass das sinn macht, dass es sein muss, doch gleichzeitig wird dir übel bei der vorstellung, gleichzeitig reißt etwas in dir entzwei beim gedanken daran, ananke bereits wieder loslassen, hergeben, aufgeben zu müssen, so kurz nachdem. du reichst cato die urne trotzdem und unterdrückst das schluchzen in deiner brust, als du über die mauer steigst, die tränen, die sich in deinen augenwinkeln sammeln, du springst ab und krümmst dich dem waldboden entgegen, du windest dich, du übergibst dich, du kotzt das sandwich aus und die zweifel, die seit monaten an dir nagen. doch was zurückbleibt, ist nicht freiheit, ist nicht ruhe im kopf. ist: eine leere. die lücke zwischen dir und der zeit.

was jetzt, fragst du, als ihr durch die stillen straßen zum wagen zurückgeht, was jetzt. du kriegst keine antwort. vienna läuft neben dir her und trägt die urne vor dem bauch. cato führt eden an der hand, eden humpelt, eden kämpft mit ganz eigenen problemen. was jetzt, wiederholst du. nun, sagt vienna, ich dachte, das wäre klar.

der plan ist, so erfährst du, bereits lange in vorbereitung und weiterhin zu einem nicht unsubstanziellen anteil von deiner nüchternen kooperation abhängig: ihr setzt euch in den wagen. du bringst den wagen in gang. du steuerst den wagen auf die autobahn. du fährst den wagen in richtung süden.

dem meer entgegen, sagt vienna, wo ananke zuletzt. ou ja, das meer, sagt eden, ich will, ich will ans meer. du siehst, sagt vienna, dir bleibt gar nichts anderes übrig. du kannst nicht anders, sagt cato, du musst. etwas in dir regt sich, etwas in dir sagt, das geht so nicht. doch die stimme ist zu leise, und stattdessen ist da der entscheid von nur einigen stunden zuvor, ist da: du wirst fahren, du wirst fahren, wohin vienna und cato und eden dich fahren heißen, von dir aus nach süden, von dir aus ans meer, von dir aus ans ende der welt.

ihr setzt euch in den adenauer, in derselben formation wie zuvor, nur sitzt jetzt ananke zwischen eden und vienna auf der rückbank: ihr wieder. ihr alle wieder. du startest den wagen, an den händen noch den dreck von anankes grab, doch daran denkst du nicht, es ist anankes dreck, und anankes dreck ist gold wert. du fährst den berg hoch, den hügel hinauf und. stopp, sagt vienna, wohin fährst du. das ist die falsche richtung, sagt cato. hör auf mit deinen spielchen, sagt eden. ich spiele nicht, ich bin bloß müde. ihr müsstet alle schlafen, sagst du, wenn diese reise weitergehen soll. und nein, es handle sich nicht um einen trick, du seist genauso teil des ganzen, es gibt kein zurück. die anderen sind schwer zu überzeugen, und ihr diskutiert immer noch, als du den blinker setzt und rechts abbiegst. die einspurige straße, die zum haus vorn auf dem hügel führt, ist unbeleuchtet, und du drosselst die geschwindigkeit des adenauers weiter. im stall des pachtbauern brennt schwach ein licht, doch das wohnhaus ist dunkel, alles schläft: keine gefahr, bloß ein nachtlicht, eine vergessene schreibtischlampe im stallbüro. im vorbeifahren hörst du ein leises rumpeln aus dem stall, sich bewegende körper, das klicken von hufen auf bestrohtem boden und das vertraute, vertrauensvolle schnauben eines muttertiers.

eden steigt zuerst aus, holt den schlüssel aus seinem versteck zwischen den holzscheiten hervor und schließt das haus auf: euer urururgroßelternhaus. die alten dielen knarren unter euren schritten, es ist eine melodie, die für dich so sehr zu dir, zu euch gehört wie das pulsieren des bluts in deinen ohren, wie edens atem neben dir, wie catos lachen, wie viennas geerbter raucherhusten, wie einst, wie immer noch anankes seufzen. du bleibst einen moment in der tür stehen, lauschst den schritten der anderen, den schritten, die genauso gut deine sein könnten, teil von dir. einst. ihr verzichtet darauf, heißwasser oder strom einzuschalten, doch du bestehst darauf, dass das bett bezieht, wer in einem bett schlafen will. im schein der taschenlampe, deren lichtkegel vienna unruhig über die wände schweifen lässt, über die astlöcher, die euch wie augen anstarren, verteilst du laken und bezüge, der geruch, der dem stoff entsteigt, modrig, schwer mit dem schlaf, mit den träumen einer anderen zeit. schon gut, sagt cato, anankes urne im arm, ich schlafe im liegestuhl. ich auf dem sofa, sagt eden. ich bin nicht müde, sagt vienna, ich habe durst. das scheint die sache zu entscheiden. eden öffnet die falltür zum keller und verschwindet im steinernen untergrund. vienna kommt augenblicke später aus der küche zurück, vier gläser balancierend und eine schale mit etwas, das aussieht wie das übrig gebliebene salzgebäck des letzten silvesters. du bist müde und teilst das den anderen mit, ihr würdet besser auch ein wenig schlafen, sagst du. geh du nur ins bett, sagt eden, mit drei flaschen saft vom fass im arm aus dem keller auftauchend, wir passen schon auf uns auf.

dir scheint, als wäre jetzt der zeitpunkt, als müsstet ihr noch einmal reden, über euer vorhaben, darüber, was ihr hier genau tut. doch während du noch nach worten suchst, zeigt vienna mit der taschenlampe bereits in die andere richtung, und im hin und her des lichtkegels ist erkennbar, wie cato und eden im anbau verschwinden, hinaus in den garten, hinaus in die julifinsternis. die luft im obergeschoss ist noch stickiger, das haus steht die meiste zeit leer, und die räume sind klein. in dem raum, der früher euer kinderzimmer war, mit dem matratzenlager auf dem boden und den mäusen in der wand, öffnest du das fenster weit. du kniest am boden und ziehst das laken über eine matratze, boxt mit stiller, dir selbst im moment unverständlicher wut ein kissen in einem bezug zurecht, für eine decke ist es zu heiß. du legst dich hin, schließt die augen. draußen zirpen grillen, draußen flüstern leise die anderen, der geruch von heu hängt in der luft, der süß-scharfe mief nach gras. sie müssen eine von swanns laternen angezündet haben, denn als du die augen wieder öffnest, in deinem innern seltsam fern von eden und vienna und cato, flackert ein unstetes licht an der zimmerdecke, eine amorphe helligkeit, in der ihr wortwechsel enthalten zu sein scheint, wortschnipsel, die, allein für sich im raum, in der dunkelheit stehend, keinen sinn ergeben, aussagen ohne anfang und ende, die erst und nur durch die zeit, durch eure gemeinsame vergangenheit zu einer unterhaltung verwoben werden, zu sinn.

vienna gähnt, und cato hat ringe unter den augen, als sie am morgen in den adenauer steigen, die kleider wie eine zweite haut, darin verwoben der schweiß und das gras und der rausch. ob du gut geschlafen habest, will eden wissen, ein grinsen auf den lippen, doch du nickst bloß und fährst los. ihr kommt nicht weit, kommt bis zur ersten kurve, bis eden dich bereits wieder bittet anzuhalten, ihr habet etwas vergessen, heißt es. du beißt die zähne zusammen, manchmal, manchmal, manchmal wünschst du eden wirklich. du weißt, ananke kann es nicht sein, ananke sitzt zwischen cato und vienna auf der rückbank, und was gibt es sonst, was soll jetzt schon wieder, wirklich, eden, mich kackt das langsam. doch eden tätschelt dir nur den arm, stößt die tür auf und verschwindet im bauernhaus, barfuß, die ausgetretenen leder-und-kork-sandalen unter dem sitz. ihr wartet; vienna kurbelt das seitenfenster hinunter. über den bergen auf der anderen seite des tals zerbricht der frühblaue himmel in rot und rosa und gold. hunderteinundfünfzig tage, sagt cato und hält die urne wie ein kleinkind im arm, eins und fünf und eins. du schließt die augen und lauschst auf den traktor, auf den wind in der linde und auf das bimmeln der kuh- und ziegen- und kirchenglocken, auf alles da draußen, auf alles, was nicht dein drinnen ist.

reg dich ab, sagt eden, zurück im wagen, neben dir, mit einer flasche milch und einem in ein küchentuch gewickelten, ofenfrischen butterzopf, ich dachte, es ist nur freundlich, ich dachte, es macht sinn, wenn ich unser plötzliches auftauchen erkläre, fragen vorbeugend, probleme verhindernd. du hast recht, müsstest du jetzt sagen, das war eine gute idee, eden, doch die worte kommen dir nicht über die lippen, du kannst nicht, nicht nach dem, was du bereits, was du minuten zuvor, und deshalb nickst du nur zum dank für das stück zopf, das eden dir reicht, trinkst von der noch warmen milch und gibst die flasche an cato weiter; dann fährst du los.

es ist noch früh am tag, doch ihr seid nicht die einzigen, es dauert nicht lange, und ihr steht im stau. ein unfall, sagt cato. ferienanfang, sagt eden. bauarbeiten, sagt vienna. an einem sonntag, sagt eden. sicher nicht, sagt cato. und wie immer, wenn vienna nichts mehr zu sagen weiß, läuft sekunden später musik: pyrit, *dirt on the ground.*

ob wohl schon jemand etwas bemerkt hat, fragst du zwischen pyrits worte hinein. wer was bemerkt. peril den fehlenden adenauer. bas und roan das leere grab. vaska, dass du die toilettenschüssel in der dunkelheit verpasst hast. du sagst nichts mehr.

cato und eden steigen aus und laufen auf dem pannenstreifen voraus. wir gehen rekognoszieren, sagen sie und nehmen anankes urne mit, eden trägt sie wie ein afrikanischer wasserträger. du klopfst auf das lenkrad und schüttelst den kopf. lass sie, sagt vienna, es passiert schon nichts. sie können doch nicht einfach. es checkt schon niemand, dass das eine urne ist, es ist nur eine kugel aus birnbaumholz. trotzdem. nichts trotzdem, wir interessieren niemanden, die haben alle eigene sorgen. du starrst aus dem fenster, zu den wiesen und feldern links und rechts.

wiesen und felder, die später im jahr braun und trocken sein werden wie stroh. die erde wird weite risse aufweisen, gräben, der mais wird noch vor der reife dürr, wächst nicht meterhoch, bevor das grün welkt. der wind wird den zu staub gewordenen humus durch das tal wehen, das gras in den gärten wird verbrennen in der hitze, in der dürre. das vieh magert ab, liegt träge im schatten der fruchtlosen obstbäume, hüftknochen und schultern treten hervor, euter hängen wie leere jutesäcke zwischen hinterbeinen: es sieht aus wie in afrika. die flüsse werden zu rinnsalen vertrocknen, bachbette, die wie wadis auf niederschlag warten. aus der grünen fülle wird eine savannen-, eine mondlandschaft werden, alles tot.

ein unfall, sagt cato bei der rückkehr. hier, sagt eden und reicht dir und vienna je einen becher mit kaffee, was würdet ihr auch ohne mich anstellen.

wo fahre ich überhaupt durch, fragst du. nach süden, erst mal einfach nach süden. warst du nie da. nein, ich, ich …, ananke wollte nicht. schweigen macht sich breit zwischen euch. eden schaut aus dem fenster, vienna beißt sich auf die lippen, cato sagt, ich …, das wusste ich nicht, tut mir leid. schon gut, sagst du und versuchst dich an einem lächeln, wohin denn jetzt. es gibt nur ein süden, fahr einfach.

kurz darauf hält cato dir das telefon vors gesicht und sagt, so fahren wir. du blinzelst in richtung des bildschirms und liest: *683 km via A4: 8 h 54 min – 8 h 3 min without traffic !!! this route has tolls !!! this route crosses a country border !!!* das einzige, was du sonst noch lesen kannst, ist: *take exit prosecco from E70.* kannst du kein deutsch, fragst du. ich schon, aber das telefon nicht. *exit prosecco* also.

du fährst bei der nächsten raststätte von der autobahn ab, deine hände sind schwitzig am lenkrad. was ist das jetzt, fragt vienna. hier waren wir schon, sagt eden, vor stunden. komm schon, sagt cato, das waren jetzt was, zwanzig kilometer, seit wir losgefahren sind. zwanzig kilometer und wie viele stunden. wenn ich schon fahren soll, lasst mich wenigstens über die pausen entscheiden: ich. muss. pinkeln. du hast eine blase wie ein teesieb. schau doch bitte, dass du das kacken gleich mit erledigen kannst. haltet die klappe. warum sollten wir. du kannst deine ja scheinbar auch nicht halten. du streckst zwar die zunge nicht raus, ziehst aber den schlüssel ab und gehst.

der raum ist leer, die lichtröhren an der decke geben ein leises summen von sich. du schließt dich in der hintersten kabine ein, klappst den deckel nach unten und setzt dich drauf. du lehnst dich zurück, dein rücken heiß am plastik des spülkastens, und wartest. die luft um dich riecht nach zitronen, nach blumen und zitronen, wahrnehmbar, aber nicht aufdringlich. durch das gekippte fenster, das sich über den kabinen dicht unter der decke entlangzieht, hörst du stimmen, eine gemurmelte unterhaltung in einer sprache, die dir fremd ist. du schließt die augen und siehst cato und eden auf der motorhaube sitzen, vertraut, vertieft, und vienna im auto, aus dem fenster starrend, und plötzlich ist dir zum heulen zumute, dir brennt es im hals, der atem bleibt dir in der lunge stecken, und es kostet dich so viel kraft, das sich aufdrängende, das dich überwältigende, das sich deiner bemächtigende schluchzen zu unterdrücken, dass es dich wild schüttelt: eine trauer, eine ohnmacht; eine verzweiflung so tief.

du hast an diesem morgen dein spiegelbild gemieden, und so fällt dir jetzt, beim händewaschen am gesprungenen waschbecken, wieder auf, wie zerstört du immer noch aussiehst, wie bleich, wie hohlwangig, wie rot deine augen, wie leer dein blick. du spritzt dir kaltes wasser ins gesicht, nicht damit rechnend, dass dies die erschöpfung der vergangenen monate reinwäscht, doch man weiß ja nie. als du raustrittst, zurück ins sonnenlicht, zurück über das in den tagen der hitze ausgetrocknete rasenstück zum adenauer, zu den anderen, bist du ruhig, ruhiger, und bereitest dich auf die schnippischen kommentare vor, mit denen sie dich zweifellos begrüßen werden, ob was stecken geblieben sei oder du eingeschlafen. doch es kommt anders. vienna sitzt auf dem fahrersitz, die tür offen, die blicke, die dich empfangen, leicht, gehetzt, flüchtig in der schweren sommerluft. gib mir den schlüssel, sagt vienna. schon gut, ich kann ohne weiteres fahren. gib mir den schlüssel, sagt vienna noch einmal, deinem blick ausweichend, und hält dir die offene hand hin. wir kommen nicht schneller voran, bloß weil du am steuer sitzt, sagst du, ich bin nicht schuld am stau. jetzt mach schon, sagt vienna, halt die klappe, gib mir den schlüssel und steig ein. was ist, sagst du, fragend, gleichzeitig an cato und eden gerichtet, was ist los. wir haben ein problem, gibt eden schließlich zu. peril, sagt cato, vienna hat ganz offensichtlich vergessen, dass. ich habe schon gesagt, dass es mir leidtut, okay, sagt vienna, es lässt sich jetzt nicht mehr ändern. was, sagst du, was ist los. es dauert, bis jemand antwortet, es dauert, bis vienna sagt, ich habe vergessen, ich habe vergessen, dass heute perils enkel-tag ist, dass sie heute die jährliche ausfahrt machen, peril und almas und gal. und, was hat das mit uns. nichts und, alles mit uns. peril will wissen, wo das auto ist, als ob. sie wollen an irgendeinen see, sie fahren jedes jahr dahin, erbschleicherei und solches, und da brauchen sie den wagen, und jetzt stehen sie auf der straße vor dem haus, peril und almas und gal, und der wagen ist nicht da, und wenn der verdammte wagen nicht da ist, dann kann nur ich ihn haben, logisch oder, dann kann nur ich ihn haben, und gott weiß, warum sie nicht den bentley nehmen können, den aston martin für ihre dumme ausfahrt, doch peril sagt, entweder ist der wagen, entweder ist dieser wagen in einer stunde da oder. oder was. ich will gar nicht wissen, was oder, alle alternativen sind kack. und das heißt, habe ich richtig verstanden, dass das heißt, wir drehen um, jetzt, plötzlich, einfach so, rechtsumkehrt und zack. die erstaunten blicke der anderen sagen: so kennen wir dich gar nicht. die stimme in deinem kopf sagt: so kennst du dich gar nicht.

was also jetzt, fragst du noch einmal. also es ist so, sagt cato, wir haben abgestimmt. während du kacken warst, fügt eden hilfreich hinzu. und. vienna hat eine ganze stimme, erklärt cato, wir anderen eine halbe: wir haben mit dem wagen schließlich nichts zu tun. das macht insgesamt zweieinhalb, fasst eden zusammen. ungeduld wie eine wolke zwischen euch, wie etwas materielles, aber unfassbares. *u-und.* es steht unentschieden. vienna will zurück, wir zwei nicht. das heißt, ich entscheide, fragst du. richtig: das heißt, du entscheidest. doch du entscheidest nicht, die entscheidung sitzt schon fertig in dir, in deinem kopf, in deinem herz, in deinem bauch: wir fahren, sagst du, wir fahren los.

minuten später befindet ihr euch wieder auf der autobahn, du erneut am steuer, der verkehr zwar nicht flüssig, aber flüssiger; die rollen im wagen vertauscht. cato liest die strecke vom telefon ab: *continue on A13; A13 turns slightly right and becomes A13; continue on A13.* das ist sehr hilfreich, cato, sagst du, wirklich, vielen dank: ohne dich hätten wir uns längst verfahren. wir können nicht einfach, sagt vienna, wir müssen, was wir hier machen, ist. das fällt dir aber früh auf, sagst du, und es ist gar nichts, niemand weiß, wo wir sind. du kennst peril nicht, sagt vienna, du hast keine ahnung, wozu. ich muss nicht wissen, wozu peril in der lage ist, es reicht zu wissen, wozu wir in der lage sind. und jetzt, hier, können wir fahren. noch. ja, noch, doch noch ist besser als nicht. das stimmt, sagt cato. genau, sagt eden. vienna seufzt, peril wird die polizei, die polizei wird uns. die polizei wird uns gar nichts, die haben besseres zu tun. bankräuber, sagt cato. steuerhinterzieher, sagt eden. menschenhändler. entführer. ha, entführer; wir sind ebenfalls entführer, oder was meint ihr, was wir hier tun, mit anankes asche unterm arm. wir ent-führen gar nichts, sagt eden, wir führen bloß einen auftrag zu ende. genau genommen, sagst du, führen wir deinen auftrag zu ende, vienna, deine idee.

auf einer strecke von etwa hundert metern ist die linke fahr-spur abgesperrt, glassplitter reflektieren das sonnenlicht. am boden tanzen kreideumrisse in menschenkörperform geis-terhaft walzer, polizisten stehen neben polizeifahrzeugen mit noch blinkenden lichtern auf dem dach, die mienen ernst, die unterhaltung scheinbar gedämpft, alles ohne jede dringlich-keit: es ist bereits zu spät.

gal hat die polizei informiert, sagt vienna. die stehen nicht wegen uns hier, darauf verwette ich alle meine besitztümer, sagt cato. als ob die jemand haben wollte, sagt eden. hört auf, das ist nicht witzig: gal hat die polizei informiert. sagt wer. sagt mein telefon: peril hat geschrieben. und. und nichts, ich dachte nur, ich lasse es euch wissen. das ist furchtbar nett von dir, vienna, vielen dank.

es ist weit nach mittag, als ihr die autobahn verlasst und auf die tunnelreiche passstraße fahrt. der bauernzopf ist gegess-sen, die milch ausgetrunken, und eden klagt über einen leeren bauch, über durst, sagt, warum machen wir nicht endlich pause. du bist wie ein kleines kind, sagst du, wo willst du hier pause machen, es gibt nichts außer tunnels. und wir können nicht, sagt vienna, was, wenn jemand unser nummernschild sieht. du wieder mit deinem behinderten nummernschild, wirft eden vienna an den kopf, doch bevor die diskussion erneut ausarten kann, sagst du, still jetzt, es gibt keine pause, nicht jetzt. trotziges schweigen legt sich über euch, bleibt dort liegen, bis du irgendwann nach dem pass in einem dorf an-hältst. eden und cato steigen aus und überqueren die straße zielstrebig in richtung bäckerei, käserei, metzgerei. einmal mehr bleibst du mit vienna im wagen zurück, schweigend, den blick in den rückspiegel vermeidend. die sonne brennt heiß auf das dach des adenauers, doch nicht nur deshalb fällt dir das atmen schwer, ist dir, als kriegtest du keine luft. kein grund, auf mich wütend zu sein, sagst du schließlich, ich habe nicht allein entschieden; und wenn ich daran denke, was ihr gestern, was ihr heute alles. du sprichst nicht weiter, und vienna schweigt. fick dich, denkst du, fick dich doch ins knie, du arsch. du bist froh, als cato und eden zurückkehren, lachend, je eine pralle tüte in der hand. ihr picknickt an einem stausee, auf halbem weg ins tal hinunter. du kaust auf dem sandwich, das cato dir in die hand gedrückt hat, trockenes baguette und frischkäse und salat und schinken, und schaust auf das wasser hinaus, das dunkel ist und silbern, das tief ist und sicherlich kalt, und es reizt dich hineinzuspringen, abzutauchen, einfach weg.

ihr habt euer vorhaben nie in nüchternem zustand diskutiert, und du bist dir nicht sicher, ob ihr weiterfahren würdet, wenn ihr euch einmal offen über sinn und unsinn von all dem hier unterhieltet. vienna hat nein gesagt, hat die meinung geändert, doch da spielen ängste mit, wissen, über das du nicht verfügst; eden und cato haben ja gesagt, doch so, wie du die beiden kennst, muss das nicht ausdruck von überzeugung sein, mehr schon ein unwille, einen einmal gefassten plan aufzugeben. und dann ist da noch dein fall, dann bist da du selbst.

du setzt dich mit ananke auf dem schoß auf die rückbank und überlässt eden das steuer. hier musst du links, sagt cato. ja ja ja, stress jetzt nicht, sagt eden und biegt links ab. sag mir noch mal, warum genau wir hier durchfahren. ich bin immer hier durchgefahren. ach, und das ist grund genug. nicht zwingend, doch mindestens gut genug. habt einfach ein wenig geduld, ihr werdet schon noch sehen. es ist erstaunlich, dass ihr es nicht längst begriffen habt.

ihr fahrt durch dörfer, die du besser mit schneedecken auf den hausdächern kennst, mit straßen, die von weißen wällen links und rechts verschmälert werden, mit einwohnern, die mützen tragen, handschuhe, feste stiefel an den füßen. jetzt: sonnenhüte, sonnenbrillen, dir ist, als könntest du durch die offenen fenster die sonnencreme auf ihren oberarmen riechen. in den wäldern, die die berge bis zur baumgrenze hinauf verhüllen, stehen viele der sessel- und seil- und gondelbahnen still, und nur auf den höchsten gipfeln leuchten auch jetzt, im juli, noch reste weiß. gletscher winden sich in felsrinnen, schieben geröllfelder vor sich her. pferde und kühe, auch esel zwischen den lärchen und arven und fichten, an deren ästen flechtenbärte hängen. die wiesen leuchten in hellem grün, erika und heidelbeeren, durchzogen von milchigen gletscherbächen, und in der ferne wirbelt die gischt eines wasserfalls auf halber höhe der felswand. strommasten und telefonleitungen durchschneiden die mit steinen gesprenkelten hochebenen. der zug windet sich rot über die brücken, wechselt von der linken auf die rechte talseite, im bestreben, an höhe zu gewinnen, die passhöhe zu erklimmen.

weiter oben die lawinenverbauungen, schutz und mahnmal zugleich. du sitzt neben vienna auf der rückbank, zwischen euch schwer das unerklärliche, unverständliche, die abgewürgte nervosität und ungerechtfertigte entrüstung, die von vienna ausstrahlt, eine entrüstung, die längst auch in dir sitzt, umgekehrt, die von innen an dir nagt und sätze bildet, alles, was du sagen könntest, was du schon lange sagen solltest, sagen wolltest, was du geschluckt, was du für dich behalten hast; stattdessen starrst du aus dem fenster, kurve um kurve, starrst aus dem fenster und beißt in deine faust, in deinen zeigefinger, bis du eisen schmecken kannst, und du starrst weiter und bleibst still.

die rechte talseite liegt bereits fast vollständig im schatten, als ihr im hauptort des tales das erste mal den fluss überquert, der hier die farbe von dünnem milchkaffee hat und an dessen kanalufer sich straße und häuser schmiegen. ihr überquert den fluss ein zweites, ein drittes mal, fahrt am blauen ortsschild vorbei und am tierarzt und fast auch schon an der bar piz, da sagt cato, langsam, langsam, hier musst du rechts. vienna setzt sich auf, sagt die ersten worte seit stunden, warum, warum, das ist bestimmt nicht der weg. sei still, sagt cato, ich weiß schon, was ich tue.

es dauert einen augenblick, doch dann weißt auch du, was cato tut, wohin ihr fahrt. die verdrängte erinnerung ist plötzlich wieder da, die stunden, tage, ganzen ferienwochen, die du an dem ort verbracht hast, wie du mitgeholfen hast, das heu an den steilen hängen einzubringen, wie du ziegen gemolken und dich mit dem kalten brunnenwasser gewaschen hast und dir nachts von ananke die sternenbilder erklären ließest. du behältst dein wissen jedoch für dich, legst bloß deine hand auf anankes urne, die zwischen vienna und dir auf der rückbank liegt. die straßen sind schmal, einspurige schotterstraßen, die steil ansteigen, immer schmaler werden und irgendwann namenlos. die sich durch von trockenmauern gequerte wiesen windenden kurven folgen dicht auf dicht, nadelbäume wachsen links und rechts bis an die fahrbahn heran, und nur vereinzelt stehen häuser am hang, bauernhöfe, scheunen, traditionell aus stein und mit schieferdach. eden fährt langsam, kaum mehr als schritttempo, du blickst in den rückspiegel und siehst die tränen in den augen deines zwillings: auch eden weiß.

und eden weiß auch, dass ihr mit dem wagen nicht bis zur hütte fahren könnt, und steuert den adenauer in die ausweichbucht unterhalb, zwischen straße und felswand. ihr steigt aus und klettert den hang hinauf, du trägst die urne mit dir, eden und cato tragen, was vom mittagessen übrig ist, und vienna trägt nichts, vienna trägt bloß unverständnis zur schau, erkennbar selbst jetzt, im schatten der dämmerung, und du denkst, dass dieses unverständnis nur spiel ist, zirkus, theater, dass mittlerweile selbst vienna wissen sollte, wo ihr seid, warum ihr hier seid, dass ihr oft genug postkarten geschickt, von diesem ort erzählt habt, und dass die tatsache, dass vienna bislang nie hier war, diese aufgesetzte und zur schau getragene ignoranz nicht rechtfertigt; weshalb du nichts sagst, weshalb du, als ihr bei der hütte anlangt, anankes urne auf den steintisch auf dem sitzplatz stellst und wasser in den brunnen pumpst und dir damit das gesicht wäschst und davon trinkst.

bas und roan kaufen das rustico, als fred drei jahre alt ist, und über die nächsten jahre, bis zu vaskas geburt, wird aus dem einstigen ziegenstall ein kleines ferienhaus. es gibt weder fließendes wasser noch strom, gekocht wird auf einem mit holz befeuerten ofen in der küche und gepisst und gekackt auf einer kompost-toilette am waldrand. die holztür führt direkt in den größten raum, der sowohl küche als auch stube ist. dahinter liegt das kleinere der beiden schlafzimmer, kaum größer als eine besenkammer, das bas und roan gehört. im kinderzimmer im ausgebauten dachstock steht zuerst einzig freds bett, nach und nach kommen die von vaska, von ananke, von ash dazu, einfache schmale holzgestelle, die sich zu zweien aufeinanderstapeln lassen. wenn eden und du eure ferien hier verbringt, teilt ihr das bett mit vaska, mit ananke, mit ash. ihr verbringt die tage vorwiegend draußen, kraxelt die hänge hinauf und hinunter, staut den kleinen bach, der durch den wald hinter der hütte plätschert, sammelt beeren und im herbst kastanien, die ihr abends über dem offenen feuer röstet. du weißt nicht genau, warum ihr plötzlich nicht mehr hierherfahrt, eden und du, auch ananke nicht, vaska und fred; du hast vergessen, vergessen wollen, verdrängt. ihr werdet älter, nimmst du an, das einfache leben verliert seinen reiz, und ihr wollt fliegen, wollt städte sehen, das meer; vielleicht ist etwas passiert. natürlich ist das schade, natürlich bedauerst du das jetzt, und die erinnerungen sitzen dir wie ein stein im bauch, lassen die trauer noch schwerer wiegen;

andererseits erfasst dich nun, da du hörst, wie eden in deinem rücken den schlüssel hinter dem küchenfensterladen hervornimmt und das vorhängeschloss aufschließt und du dich aufrichtest und dir das kalte wasser vom mund wischst, eine tiefe ruhe. dein blick schweift auf das tal hinaus, glimmernd in der gestauten hitze des tages, die lichter vertraut, das sich abzeichnende sternenzelt noch mehr.

du fragst dich, wie lange es her ist, dass zuletzt jemand im haus war. die fenster sind schmutzig, und eine dicke schicht staub liegt auf allen oberflächen, füllt die ritzen im holz, die spalten zwischen den steinen; die luft ist stickig, warm. ihr öffnet die fenster im erdgeschoss, und du kletterst die leiter hoch in den dachraum und öffnest die giebelluken auf beiden seiten des einstigen kinderzimmers. ein leichter abendwind trägt die abgestandene luft hinaus, und der geruch darunter ist dir sofort wieder vertraut. im abnehmenden licht erkennst du die betten und, als du näher trittst, auch die kinderzeichnungen an den kopfenden, die gestalten in den verblichenen fotografien hinter glas: fred und vaska nackt im brunnen vor dem haus; ananke mit philo, dem alten esel der nachbarn; vaska und ash, aus der giebelluke winkend; fred und vaska und ananke und ash in einem heuhaufen, kleine kätzchen auf den schultern und zwischen den knien. gedämpfte stimmen dringen durch die dämmerung zu dir, und als du an das fenster über der haustür trittst und hinausblickst, siehst du vienna und eden, nebeneinander vor der feuerstelle kniend, reisig und holzscheite aufschichtend. du bist froh: vienna scheint sich beruhigt, scheint sich von der abgeschiedenheit des ortes überzeugt haben zu lassen, davon, dass euch hier von peril keine gefahr droht. es ist längst nicht alles gut, doch für den augenblick muss das reichen.

ihr esst das restliche brot vom mittag, marinierte oliven und frischkäse. du bist im steinkeller unter dem haus auf gläser mit eingelegten zwiebeln und karotten und auf mehrere flaschen rotwein gestoßen, von denen eine nun zwischen euch auf dem tisch steht, zusammen mit anankes urne. du kaust langsam, bist zu müde für hunger, zu müde für worte, von der letzten nacht, vom vergangenen tag, vom tag, der vor euch liegt. zwischen den bissen beobachtest du das schattenspiel, das die flammen des feuers auf die gesichter der anderen zeichnen, das fiebrige leuchten in edens augen, catos tiefrote, vom öl der oliven glänzende lippen, die sich abzeichnenden fältchen in viennas augenwinkel, die golden schimmernden augenbrauen.

als die anderen bereits zu bett gegangen sind, legst du dich auf die vom tag noch warmen steinplatten vor dem haus und blickst in den himmel hinauf. es ist dunkel um dich, ihr habt das feuer gelöscht, und so wölbt sich die milchstraße scheinbar greifbar über dir. du hörst die glöcklein der ziegen auf einer nahen weide; das gluckern des bachs im wald; deinen herzschlag in der stille der nacht. du denkst, dass ihr anankes asche auch hier verstreuen könntet, dass das, das alles hier, jetzt, gut ist, dass es wo, wenn nicht hier, möglich sein müsste, frieden zu finden, eins zu werden mit sich: möglich sein müsste; möglich wäre, wenn.

das tal liegt noch steil im schatten, und du weißt nicht, was dich kurz nach tagesanbruch weckt, ob es deine gelenke sind, die sich in der morgendlichen kühle steif anfühlen, oder ob es lains samtschwarzene, feuchte schnauze ist, die deine wangen anstupst. du setzt dich auf und reibst dir die augen, streichelst das schwarz-weiße fell des hundes. du bist alt geworden, sagst du. als du aufstehst, siehst du ros und mori unten auf der straße stehen und diskutieren, der adenauer klar gegenstand der diskussion. du steigst den hang hinunter und stellst dich zu ihnen, entschuldigst dich für euer unangekündigtes auftauchen, für eventuelle sorgen, und drückst dich, nachdem du moris mit bewunderung in der stimme geäußerte fragen nach dem wagen beantwortet hast, mit einer gemurmelten entschuldigung vor jeder weiterreichenden neugier, erklärst nicht den grund für euer hiersein, sagst nicht, ananke ist tot.

vienna bietet an, das steuer zu übernehmen, und nachdem cato und eden und du euch mit skepsis und unsicherheit schwere und von gezuckten augenbrauen begleitete blicke zugeworfen habt, nachdem vienna catos fragendes *richtung süden* mit einem nicken beantwortet hat, steigt ihr ein, du neben eden auf der rückbank. vienna dreht eben den schlüssel im zündschloss, da sagst du, stopp. was ist jetzt schon wieder. ich habe etwas vergessen. du drückst die tür noch einmal auf, kletterst noch einmal den hang hinauf, nimmst noch einmal den schlüssel hinter dem küchenfensterladen hervor und schließt das vorhängeschloss auf, noch einmal steigst du die leiter in die dachkammer hinauf, stellst dich vor die fotos am kopfende der betten, zwischen deren decken und matratzen noch die letzten grad körperwärme zu spüren wären, wenn du deine hand zwischen das weiß der sonst bereits keine spuren der nächtlichen gäste mehr tragenden nackten federbetten stecktest. du streckst die hände aus, nimmst den bilderrahmen vom nagel und löst ananke und philo vorsichtig unter dem glas hervor.

was war das, sagt eden, als du wieder ins auto steigst. nichts, sagst du, ich hatte etwas vergessen, und als das nicht zu genügen scheint, als auch cato dich über die schulter fragend anblickt, fügst du an, was ist, fahren wir endlich los, und schließlich, endlich schüttelt vienna den kopf und dreht den schlüssel, diesmal ungehindert. in der bar piz kauft ihr nach einigem verhandeln einen laib brot und lasst die milchflasche von gestern mit kaffee füllen, dann seid ihr endlich bereit: cato und eden und du kurbelt die fenster nach unten, und vienna steuert den adenauer richtung süden, auf die noch verbleibenden vierhunderteinundsechzig kilometer (*via A4 and E70: 5 h 33 min !!! this route has tolls !!! this route crosses a country border !!! take exit prosecco from E70*).

wir haben ein problem, sagt eden wenig später. was, sagst du, was für ein problem. hast du etwas von peril gehört, fragt eden vienna. vielleicht, sagt vienna und zuckt mit den schultern, weiß nicht, das telefon hat keinen akku mehr. wir können nicht weiter, sagt eden, was passiert am zoll. also doch noch, sagt vienna und fährt in der nächsten ortschaft von der straße ab und auf den parkplatz des bahnhofs, und ich dachte schon, darauf kommt niemand mehr, habe ich es nicht von anfang an gesagt. nicht von anfang an, sagst du. ihr seid doch paranoid, sagt cato, alle drei. hört auf, sagt eden, das hilft uns jetzt nicht weiter. was das. dieses gezänke, dieses ganze. und was schlägst du stattdessen vor. ist überhaupt sicher, dass die polizei, dass der grenzschutz. ich sage immer noch: die haben besseres zu tun. etwa bankräuber. und steuerhinterzieher. oder menschenhändler. wir brauchen neue nummernschilder. und woher. willst du etwa welche klauen. du spinnst doch. da kannst du genauso gut noch ein auto klauen. wir können den zug nehmen. und dann, nach der grenze. cato hat recht, sagt eden und steigt aus. der zug fährt auch nach der grenze weiter.

der nächste zug fährt in eineinhalb stunden und bringt euch in etwas über neun stunden ans ziel. es ist keine wahl, es ist keine entscheidung: es ist die einzige möglichkeit. ihr kauft vier billette und wartet im schatten des verlassenen bahnhofsgebäudes, die urne mit anankes asche zwischen euch. vienna, besorgt um den adenauer und mehr vielleicht noch um die eigene zukunft unter perils dach, ist damit beschäftigt, auf der brottüte eine es-tut-mir-schrecklich-leid-eines-tageswerde-ich-alles-erklären-nachricht an peril zu verfassen, und cato und eden spielen ich-sehe-was-was-du-nicht-siehst. du steckst dir kopfhörer ins ohr und konzentrierst dich auf das foto von ananke und philo, das zusammengefaltet und von deinem schweiß feucht in deinem hosenbund steckt.

warum sind wir eigentlich nicht von anfang an mit dem zug gefahren. hast du eine ahnung, was so ein billett kostet. und vergiss nicht: wir hatten den adenauer. der benzin säuft wie ein kamel wasser. doch er war da, der zug war … irgendwo. wir wären vermutlich schneller gewesen, kein stau, keine bauarbeiten, klimaanlage und minibar. aber andere. andere was. andere leute. na und, die ganze welt ist voll anderer leute. du wieder. ich sag ja nur. und ich sehe sie schon vor mir, all die anderen leute, die gleichzeitig wie wir unbedingt, dringend, jetzt sofort in den süden müssen: die familien mit zu viel gepäck und lauten kindern; die verschwitzten wanderer, die sich freuen, endlich das unbequeme schuhwerk lockern und ihre käsefüße lüften zu können; die scheißer, die das klo vollkacken, als wäre es das eigene, die nicht spülen und die tür hinter sich nicht schließen; die, die …, mal ehrlich: nenn mir bloß einen guten grund, mit dem zug zu fahren. schon gut, ich habe kapiert.

der zug fährt pünktlich um zwölf uhr einundvierzig im bahnhof ein. ihr steigt zu, darum bemüht, eure nervosität zu unterdrücken, und mit einem letzten blick auf den adenauer auf dem bahnhofsparkplatz. köpfe drehen sich nach euch um, als ihr auf der suche nach einem freien abteil durch die fast voll besetzten bahnwagen geht, und erst jetzt, in gesellschaft, fremder nähe, fremden blicken ausgesetzt, wird dir bewusst, wie ihr aussehen, wie ihr auch riechen müsst: vier verlorene, verwilderte gestalten, einer im suff entstandenen idee nacheifernd, mit einer eigentlich doch nicht so schwer als urne zu identifizierenden holzkugel als einzigem gepäck, ungekämmt und ungewaschen, wie viele tage seid ihr nun schon unterwegs, du erinnerst dich nicht, die zeit verschwimmt in tage, wochen, monate, und eure kleider, die darin steckenden körper, verschwitzt und dreckig mit erde; hungrig, durstig, verwahrlost; und über allem der gestank.

ihr setzt euch im gepäckwagen zwischen koffern und an der decke hängenden fahrrädern auf den boden und steigt wenig später an der endhaltestelle aus: der grenzübertritt geschieht unbemerkt. der anschlusszug fährt erst in etwas über einer stunde, und du verbringst einen teil der wartezeit auf der bahnhofstoilette, dein gesicht waschend, dein gesicht im spiegel betrachtend: nach wie vor bleich und hohlwangig, die augen rot, der blick leer. dann fährt der zug nach westen durch das veltlin, bald dem lauf der adda folgend, bald dem östlichen ufer des lago di como entlang südwärts auf mailand zu. ihr sitzt für euch; ihr redet nicht und reicht nur von zeit zu zeit die urne mit anankes asche zwischen euch hin und her. ihr ändert die richtung, fahrt beinahe vier stunden nach osten: durch verona und padua nach venedig, von venedig weiter nach triest. die sonne ist eben untergegangen, doch es ist immer noch hell, noch warm; fünfundvierzig minuten später besteigt ihr den letzten zug, fahrt in die reste der däm-merung hinein.

ihr seid die einzigen, die am kleinen bahnhof aus dem zug aussteigen, ananke in deinem arm. das geschieht wortlos, genauso wortlos, wie ihr anschließend durch die straßen geht. die häuser im dorf liegen im dunkeln, doch aus den gärten, an denen ihr vorbeikommt, erreichen euch gemur-melte gespräche, ein auflachen zwischendurch, das gluckern von wein in ein leeres glas. obwohl bis jetzt alles gut ging, obwohl das ziel, das ihr euch gesetzt habt, nun in reichweite ist, hast du das erste mal richtig angst. am anfang stand viennas irrsinnige idee, nüchtern betrachtet nichts als ein verrückter witz eigentlich, und doch gibt es sie noch, noch gibt es diese idee, hängt sie zwischen euch, bindet euch aneinander: eine seilschaft in unkartiertem gebiet. viennas idee hat überlebt, hat euch zu überleben geholfen, doch was, fragst du dich, doch was, würdest du gern die anderen fragen, was, wenn sie umgesetzt ist, was, wenn die idee zu existieren aufhört: was kommt dann. du möchtest etwas sagen, du möchtest die anderen fragen. du möchtest umkehren, den zug in die entgegengesetzte richtung besteigen, nach norden, nach norden, zurück: du möchtest ananke zurück in die erde legen und die idee am leben erhalten. diesem bedürfnis steht deine erschöpfung gegenüber, die darin aufgelöste fähigkeit, selbst zu denken. in dir reihen sich nicht mehr worte aneinander, keine gedanken, nur noch empfindungen, dumpf und doch unmittelbar, ohne schmerz, aber mit unveränderter dringlichkeit. du riechst den schweiß auf deiner haut und die pfirsiche in den gärten; du hörst deine schritte, deinen puls im rhythmus der anderen, schnell, viel zu schnell; die ungewissheit sitzt dir als brechreiz im hals, dir ist übel vor müdigkeit, vor angst, und auch wenn du nicht mehr denken kannst, so weißt du dennoch, dass du ananke nicht loslassen darfst, wie groß auch die müdigkeit, und dass du hier, jetzt, niederknien und kotzen könntest, kotzen, bis nichts mehr in dir ist, bis es aufhört, bis alles aufgehört hat.

ich weiß das, ich weiß, dass es dem ende entgegengeht, dass
es nicht immer, nicht ewig
ich weiß das, und doch gehen meine füße
gehen weiter, gehen, während von unten warm der tag gegen
die sohlen drückt

gehen vienna und cato und eden nach
gehen mit ihnen durch diese nacht, diese letzte, diese sommernacht

sie gehen bis zu anankes haus, bis zur hütte, die einst anankes
haus, anankes heim

und dann gehen sie weiter, gehen gelöst, gehen befreit
gehen schneller, gehen lachend, gehen jauchzend

gehen über den kies
und über den sand
und unter den sternen hindurch, die über uns fünf wie salz-
körner verstreut auf basalt

und sie gehen immer noch

gehen

gehen weiter bis ins meer

Quellennachweis

Seite

15   Mark Rowley, Assistant Commissioner der Metropolitan Police und National Lead for Counter Terrorism Policing (bis 2018)

48   Franz Wright, The Visiting, The New Yorker
The New Yorker, October 6, 2003

54   Paul Auster, The New York Trilogy
Faber and Faber, 1988

72   Franz Wright, Year One, Walking to Martha's Vineyard
»New York«, Alfred A. Knopf, 2003

73   Rose Ausländer, Hoffnung
»Ich höre das Herz des Oleanders. Gedichte 1977–1979«
S. Fischer, 1984

80   Ägyptisches Totenbuch
Bibliographisches Institut & F. A. Brockhaus, 2003

88   Susan Sontag, Stories: Debriefing
Penguin Books Ltd., 2018

112   Patrick Modiano, L'herbe des nuits
Gallimard, 2014

112   Patrick Modiano, Pour que tu ne te perdes pas dans le quartier
Gallimard, 2014

175   Eliza Robertson, Demi-Gods
Bloomsbury Publishing Plc, 2017

198, 202   Virginia Woolf, Mrs Dalloway
Harcourt, 1981

211 ff.   Elvis Presley, Black Star
Words & Music by Sid Wayne / Sherman Edwards,
»Collector's Gold«
WPA, 1960

danke.

meiner familie
lilo, felix, fabian, andreas

laura, jonas, lotta
anna
athos
fabienne

christian h.

andré gstettenhofer
patrick schär

Anna Stern
Wild wie die Wellen des Meeres

Roman

Mal rückwärts, mal vorwärts und voll lyrischer Lakonie erzählt Anna Stern in ihrem Roman die Geschichte eines jungen Paares von ihrem vermeintlichen Ende hin zu ihren Anfängen. Sie legt damit einen beeindruckenden Text über den Umgang mit Trauer, die Unausweichlichkeit der Vergangenheit und die trügerische Authentizität von Erinnerungen vor.

Im Zentrum des Romans steht Ava, die der Enge der Beziehung mit Paul und der Kleinstadt, in der sie lebt, entfliehen möchte. Sie macht sich auf den Weg in die schottischen Highlands, um dort ein Praktikum auf einer Feldstation in einem Biosphärenreservat zu absolvieren. Während Ava in der Natur zu sich findet und ihre Vergangenheit hinter sich lassen will, bleibt Paul zurück in Rorschach und kämpft um ihre Liebe und eine gemeinsame Zukunft.

Weitere Titel von Anna Stern

»Schneestill« Roman, ISBN 978-3-906195-17-9
»Der Gutachter« Roman, ISBN 978-3-906195-43-8
»Beim Auftauchen der Himmel« Erzählungen, ISBN 978-3-906913-00-1